Le bal

Irène Némirovsky

Le bal

roman

Bernard Grasset
Paris

ISBN 978-2-246-15134-0
ISNN 0756-7170

© *Éditions Grasset & Fasquelle, 1930.*

Irène Némirovsky / Le bal

Irène Némirovsky est née à Kiev le 11 février 1903. Elle est élevée par une institutrice française et sa mère ne lui parle que français. Lorsque éclate la révolution bolchevique d'octobre 1917, le père d'Irène, un grand banquier, voit sa tête mise à prix. La famille Némirovsky se cache à Moscou, dans un petit appartement jadis loué à un officier qui y a laissé sa bibliothèque. Pendant les bombardements, Irène, qui n'a guère plus de quatorze ans, lit A rebours *de Huysmans, les nouvelles de Maupassant, le* Portrait de Dorian Gray *de Wilde, qui restera tout au long de sa vie son livre favori.*

Les Némirovsky parviennent à gagner la Finlande, puis la Suède. Après une année pas-

sée à Stockholm, ils s'embarquent pour la France, où son père rétablit sa fortune.

Tout en poursuivant à Paris ses études de lettres, Irène Némirovsky écrit des dialogues et des contes sous un faux nom. Elle les envoie à des journaux et des revues qui les publient. David Golder, *son premier roman, qui paraît chez Bernard Grasset en 1929, est salué par la critique comme un chef-d'œuvre.* Le Bal, *court roman écrit d'un trait entre deux chapitres de* David Golder, *n'est pas moins chaleureusement accueilli : Paul Reboux, qui avait été l'un des premiers à attirer l'attention sur la jeune Colette, reconnaît, chez Irène Némirovsky, un talent tout aussi exceptionnel.*

Dans les années trente, Irène Némirovsky publie successivement neuf romans, dont les Mouches d'automne, *et un recueil de nouvelles.*

Pendant la guerre, les lois raciales la contraignent à quitter Paris avec sa famille et à se réfugier en Saône-et-Loire. C'est là qu'elle écrira son dernier livre, les Feux de l'automne *(1948), publié posthumement, ainsi que* la Vie de Tchekhov *(1946) et* les Biens de ce monde *(1947). Son arrestation par les nazis survient* pendant qu'elle est en train de rédiger Suite française, *qui aurait sans doute compté comme une de ses œuvres maîtresses. Irène Némirovsky est déportée à Auschwitz, où elle meurt en 1942. Son mari la suit trois mois plus tard.*

Récemment passés de la pauvreté à l'opulence, à la faveur d'un miraculeux coup de bourse, les Kampf décident de donner un bal pour se lancer dans le monde. Antoinette Kampf, quatorze ans, rêverait d'y assister, ne serait-ce qu'un moment. Mais la décision de Mme Kampf, peu soucieuse d'exhiber devant d'éventuels admirateurs une fille déjà si grande, est irrévocable : Antoinette ira se coucher dans la lingerie puisque sa chambre doit servir de vestiaire.

Sous le coup de la révolte et du désespoir, Antoinette ne prémédite pas sa vengeance : elle l'accomplit d'un geste, comme dans un état second. Cette vengeance est terrible.

Les affres tragi-comiques de parvenus qui reçoivent pour la première fois des gens qu'ils méprisent et dont ils se savent méprisés, la rivalité mère-fille éclatant enfin au grand jour sous un prétexte frivole, l'âpre solitude de l'enfance qui n'est déjà plus tout à fait l'enfance, c'est tout cela que raconte ce livre étincelant et bouleversant. Par l'art, qui s'y développe, d'une sorte de cruauté infime, par la drôlerie grinçante, par le courant de tendresse étouffée qui traverse le livre, le Bal d'Irène Némirovsky mérite de figurer, entre Mademoiselle Else de Schnitzler et Frankie Adams de Carson MacCullers, parmi les très rares chefs-d'œuvre consacrés à l'enfance.

Adapté par le cinéma, le Bal offrit son premier rôle à Danielle Darrieux.

I

Mme Kampf entra dans la salle d'études en fermant si brusquement la porte derrière elle que le lustre de cristal sonna, de toutes ses pendeloques agitées par le courant d'air, avec un bruit pur et léger de grelot. Mais Antoinette n'avait pas cessé de lire, courbée si bas sur son pupitre, qu'elle touchait la page des cheveux. Sa mère la considéra un moment sans parler ; puis elle vint se planter devant elle, les mains croisées sur sa poitrine.

— Tu pourrais, lui cria-t-elle, te déranger quand tu vois ta mère, mon enfant. Non ? Tu as le derrière collé sur ta
chaise ? Comme c'est distingué… Où est
miss Betty ?

Dans la pièce voisine, le bruit d'une
machine à coudre rythmait une chanson,
un *What shall I do, what shall I do when
you'll be gone away…* roucoulé d'une
voix malhabile et fraîche.

— Miss, appela Mme Kampf, venez
ici.

— Yes, Mrs Kampf.

La petite Anglaise, les joues rouges,
les yeux effarés et doux, un chignon
couleur de miel roulé autour de sa petite
tête ronde, se glissa par la porte entre-
bâillée.

— Je vous ai engagée, commença sé-
vèrement Mme Kampf, pour surveiller
et instruire ma fille, n'est-ce pas ? et non
pour vous coudre des robes… Est-ce

qu'Antoinette ne sait pas qu'on se lève quand maman entre ?

— Oh ! Ann-toinette, how can you ? dit Miss avec une sorte de gazouillement attristé.

Antoinette se tenait debout à présent et se balançait gauchement sur une jambe. C'était une longue et plate fillette de quatorze ans, avec la figure pâle de cet âge, si réduite de chair qu'elle apparaît, aux yeux des grandes personnes, comme une tache ronde et claire, sans traits, des paupières baissées, cernées, une petite bouche close... Quatorze ans, les seins qui poussent sous la robe étroite d'écolière, et qui blessent et gênent le corps faible, enfantin... les grands pieds et ces longues flûtes avec des mains rouges au bout, des doigts tachés d'encre, et qui deviendront un jour les plus beaux bras du monde, qui sait ?... une nuque fragile, des cheveux courts, sans couleur, secs et légers…

— Tu comprends, Antoinette, que c'est à désespérer de tes manières à la fin, ma pauvre fille… Assieds-toi. Je vais entrer encore une fois, et tu me feras le plaisir de te lever immédiatement, tu entends ?

Mme Kampf recula de quelques pas et ouvrit une seconde fois la porte. Antoinette se dressa avec lenteur et une si évidente mauvaise grâce que sa mère demanda vivement en serrant les lèvres d'un air de menace :

— Ça vous gêne, par hasard, mademoiselle ?

— Non, maman, dit Antoinette à voix basse.

— Alors, pourquoi fais-tu cette figure ?

Antoinette sourit avec une sorte d'effort lâche et pénible qui déformait

douloureusement ses traits. Par mo-
ments, elle haïssait tellement les grandes
personnes qu'elle aurait voulu les tuer,
les défigurer, ou bien crier : « Non, tu
m'embêtes », en frappant du pied ; mais
elle redoutait ses parents depuis sa toute
petite enfance. Autrefois, quand Antoinette était plus petite, sa mère l'avait
prise souvent sur ses genoux, contre son
cœur, caressée et embrassée. Mais cela
Antoinette l'avait oublié. Tandis qu'elle
avait gardé au plus profond d'elle-même
le son, les éclats d'une voix irritée pas-
sant par-dessus sa tête, « cette petite qui
est toujours dans mes jambes... », « tu
as encore taché ma robe avec tes sales
souliers ! file au coin, ça t'apprendra, tu
m'as entendue ? petite imbécile ! » et un
jour... pour la première fois, ce jour-là
elle avait désiré mourir... au coin d'une
rue, pendant une scène, cette phrase em-
portée, criée si fort que des passants

s'étaient retournés : « Tu veux une gi-
fle ? Oui ? » et la brûlure d'un soufflet...
En pleine rue... Elle avait onze ans, elle
était grande pour son âge... Les passants, les grandes personnes, cela, ce
n'était rien... Mais, au même instant,
des garçons sortaient de l'école et ils
avaient ri en la regardant : « Eh bien, ma
vieille... » Oh ! ce ricanement qui la
poursuivait tandis qu'elle marchait, la
tête baissée, dans la rue noire
d'automne... les lumières dansaient à
travers ses larmes. « Tu n'as pas fini de
pleurnicher ?... Oh, quel caractère !...
Quand je te corrige, c'est pour ton bien,
n'est-ce pas ? Ah ! et puis, ne recom-
mence pas à m'énerver, je te con-
seille... » Sales gens... Et maintenant,
encore, c'était exprès pour la tourmen-
ter, la torturer, l'humilier, que, du matin
au soir, on s'acharnait : « Comment est-
ce que tu tiens ta fourchette ? » (devant

le domestique, mon Dieu) et « tiens-toi droite. Au moins, n'aie pas l'air d'être bossue. » Elle avait quatorze ans, elle était une jeune fille, et, dans ses rêves, une femme aimée et belle... Des hommes la caressaient, l'admiraient, comme André Sperelli caresse Hélène et Marie, et Julien de Suberceaux, Maud de Rouvre dans les livres... L'amour... Elle tressaillit. Mme Kampf achevait :

— ... Et si tu crois que je te paie une Anglaise pour avoir des manières comme ça, tu te trompes, ma petite...

Plus bas, tandis qu'elle relevait une mèche qui barrait le front de sa fille :

— Tu oublies toujours que nous sommes riches, à présent, Antoinette..., dit-elle.

Elle se tourna vers l'Anglaise :

— Miss, j'aurai beaucoup de commissions pour vous cette semaine... je donne un bal le 15...

— Un bal, murmura Antoinette en ouvrant de grands yeux.

— Mais oui, dit Mme Kampf en souriant, un bal...

Elle regarda Antoinette avec une expression d'orgueil, puis elle désigna l'Anglaise à la dérobée d'un froncement de sourcils.

— Tu ne lui as rien dit, au moins?

— Non, maman, non, dit vivement Antoinette.

Elle connaissait cette préoccupation constante de sa mère. Au commencement – il y avait deux ans de cela – quand ils avaient quitté la vieille rue Favart après le génial coup de bourse d'Alfred Kampf, sur la baisse du franc d'abord et de la livre ensuite en 1926, qui leur avait donné la richesse, tous les matins, Antoinette était appelée dans la chambre de ses parents; sa mère, encore au lit, polissait ses ongles; dans le cabinet de toilette voisin, son père, un sec petit Juif aux yeux de feu, se rasait, se lavait, s'habillait avec cette rapidité folle de tous ses gestes, qui l'avait fait sur-nommer autrefois « Feuer » par ses ca-marades, les Juifs allemands, à la Bourse. Il avait piétiné là, sur ces gran-des marches de la Bourse, pendant des années... Antoinette savait qu'aupara-vant, il avait été employé à la Banque de Paris, et plus loin encore dans le passé, petit chasseur à la porte de la banque, en livrée bleue... Un peu avant la naissance d'Antoinette, il avait épousé sa maîtresse, Mlle Rosine, la dactylo du patron. Pendant onze ans, ils avaient habité un petit appartement noir, derrière l'Opéra-Comique. Antoinette se rappe-lait comme elle recopiait ses devoirs, le soir, sur la table de la salle à manger, tandis que la bonne lavait la vaisselle avec fracas dans la cuisine et que

Mme Kampf lisait des romans, accoudée sous la lampe, une grosse suspension avec un globe de verre dépoli où brillait le jet vif du gaz. Quelquefois, Mme Kampf poussait un profond soupir irrité, si fort et si brusque, qu'il faisait sauter Antoinette sur sa chaise. Kampf demandait : « Qu'est-ce que tu as encore ? » et Rosine répondait : « Ça me fait mal au cœur de penser comme il y a des gens qui vivent bien, qui sont heureux, tandis que moi, je passe les meilleures années de ma vie dans ce sale trou à ravauder tes chaussettes… »

Kampf haussait les épaules sans rien dire. Alors, le plus souvent, Rosine se tournait vers Antoinette. « Et toi, qu'est-ce que tu as à écouter ? Ça te regarde ce que disent les grandes personnes ? » criait-elle avec humeur. Puis elle achevait : « Oui, va, ma fille, si tu attends que ton père fasse fortune comme il le promet depuis que nous sommes mariés, tu peux attendre, il en passera de l'eau sous le pont... Tu grandiras, et tu seras là, comme ta pauvre mère, à attendre... » Et quand elle disait ce mot « attendre », il passait sur ses traits durs, tendus, maussades, une certaine expression pathétique, profonde, qui remuait Antoinette malgré elle et la faisait souvent allonger, d'instinct, ses lèvres vers le visage maternel.

« Ma pauvre petite », disait Rosine en lui caressant le front. Mais, une fois, elle s'était exclamée : « Ah ! laisse-moi tranquille, hein, tu m'ennuies ; ce que tu peux être embêtante, toi aussi... », et jamais plus Antoinette ne lui avait donné d'autres baisers que ceux du matin et du soir, que parents et enfants peuvent échanger sans y penser, comme les serrements de main de deux inconnus.

Et puis, ils étaient devenus riches un

beau jour, tout d'un coup, elle n'avait jamais bien pu comprendre comment. Ils étaient venus habiter un grand apparte- ment blanc, et sa mère avait fait teindre ses cheveux en un bel or tout neuf. An- toinette coulait un regard peureux vers cette chevelure flamboyante qu'elle ne reconnaissait pas.

—Antoinette,   commandait   Mme Kampf, répète un peu. Qu'est-ce que tu réponds quand on te demande où nous habitions l'année dernière ?

— Tu es stupide, disait Kampf de la pièce voisine, qui veux-tu qui parle à la petite ? Elle ne connaît personne.

— Je sais ce que je dis, répondait Mme Kampf en haussant la voix : et les domestiques ?

— Si je la vois dire aux domestiques seulement un mot, elle aura affaire à moi, tu entends, Antoinette ? Elle sait qu'elle doit se taire et apprendre ses le-

çons, un point, c'est tout. On ne lui demande pas autre chose…

Et, se tournant vers sa femme :

— Ce n'est pas une imbécile, tu sais ?

Mais, dès qu'il était parti,
Mme Kampf recommençait :

— Si on te demande quelque chose,
Antoinette, tu diras que nous habitions
le Midi toute l'année… Tu n'as pas besoin de préciser si c'était Cannes ou
Nice, dis seulement le Midi… à moins
qu'on ne t'interroge ; alors, il vaut mieux
dire Cannes, c'est plus distingué…
Mais, naturellement, ton père a raison, il
faut surtout te taire. Une petite fille doit
parler le moins possible aux grandes
personnes.

Et elle la renvoyait d'un geste de son
beau bras nu, un peu épaissi, où brillait
le bracelet de diamants que son mari
venait de lui offrir et qu'elle ne quittait
que dans son bain. Antoinette se souve-

nait vaguement de tout cela, tandis que sa mère demandait à l'Anglaise :

— Est-ce qu'Antoinette a une belle écriture, au moins ?

— Yes, Mrs Kampf.

— Pourquoi ? demanda timidement Antoinette.

— Parce que, expliqua Mme Kampf, tu pourras m'aider ce soir à faire mes enveloppes... Je lance près de deux cents invitations, tu comprends ? Je ne m'en tirerais pas toute seule... Miss Betty, j'autorise Antoinette à se coucher une heure plus tard que d'habitude aujourd'hui... Tu es contente, j'espère ? demanda-t-elle en se tournant vers sa fille.

Mais comme Antoinette se taisait, enfoncée de nouveau dans ses songes, Mme Kampf haussa les épaules.

— Elle est toujours dans la lune, cette petite, commenta-t-elle à mi-voix. Un

bal, ça ne te rend pas fière, non, de penser que tes parents donnent un bal? Tu
n'as pas beaucoup de cœur, je le crains,
ma pauvre fille, acheva-t-elle avec un
soupir, en s'en allant.

II

Ce soir-là, Antoinette, que l'Anglaise emmenait se coucher d'ordinaire sur le coup de neuf heures, resta au salon avec ses parents. Elle y pénétrait si rarement qu'elle regarda avec attention les boiseries blanches et les meubles dorés, comme lorsqu'elle entrait dans une maison étrangère. Sa mère lui montra un petit guéridon où il y avait de l'encre, des plumes et un paquet de cartes et d'enveloppes.

— Assieds-toi là. Je vais te dicter les adresses. « Est-ce que vous venez, mon cher ami ? » dit-elle à voix haute en se tournant vers son mari, car le domestique desservait dans la pièce voisine, et, devant lui, depuis plusieurs mois, les Kampf se disaient « vous ».

Quand M. Kampf se fut approché, Rosine chuchota : « Dis donc, renvoie le larbin, veux-tu, il me gêne… »

Puis, surprenant le regard d'Antoinette, elle rougit et commanda vivement :

— Allons Georges, est-ce que vous aurez bientôt fini ? Rangez ce qui reste et vous pouvez monter…

Ensuite, ils demeurèrent silencieux, tous les trois, figés sur leurs chaises. Quand le domestique fut parti, Mme Kampf poussa un soupir.

— Enfin, je le déteste, ce Georges, je ne sais pas pourquoi. Quand il sert à table et que je le sens derrière mon dos, il

me coupe l'appétit... Qu'est-ce que tu as
à sourire bêtement, Antoinette? Allons,
travaillons. Tu as la liste des invités,
Alfred?

— Oui, dit Kampf; mais attends que
j'ôte mon veston, j'ai chaud.

— Surtout, dit sa femme, n'oublie pas
de ne pas le laisser traîner ici comme
l'autre fois... J'ai bien vu à la figure de
Georges et de Lucie qu'ils trouvaient
cela étrange qu'on se mette au salon en
bras de chemise...

— Je me fous de l'opinion des domestiques, grommela Kampf.

— Tu as bien tort, mon ami, ce sont
eux qui font les réputations en allant
d'une place à une autre et en bavar-
dant... Je n'aurais jamais su que la baronne du troisième...

Elle baissa la voix et chuchota quelques mots qu'Antoinette ne put arriver,
malgré ses efforts, à entendre.

— … sans Lucie qui a été chez elle pendant trois ans…

Kampf tira de sa poche une feuille de papier couverte de noms et toute raturée.

— Nous commençons par les gens que je connais, n'est-ce pas, Rosine ? Ecris, Antoinette. M. et Mme Banyuls. Je ne connais pas l'adresse, tu as l'annuaire sous la main, tu chercheras à mesure…

— Ils sont très riches, n'est-ce pas ? murmura Rosine avec respect.

— Très.

— Tu… crois qu'ils voudront bien venir ? Je ne connais pas Mme Banyuls.

— Moi non plus. Mais je suis avec le mari en relations d'affaires, ça suffit… il paraît que la femme est charmante, et puis on ne la reçoit pas beaucoup dans son monde, depuis qu'elle a été mêlée dans cette affaire… tu sais, les fameuses partouzes du bois de Boulogne, il y a deux ans…

— Alfred, voyons, la petite…

— Mais elle ne comprend pas. Ecris, Antoinette… C'est tout de même une femme très bien pour commencer…

— N'oublie pas les Ostier, dit vivement Rosine ; il paraît qu'ils donnent des fêtes splendides…

— M. et Mme Ostier d'Arrachon, deux r, Antoinette… Ceux-là, ma chère, je ne réponds pas d'eux. Ils sont très collet monté, très… La femme a été dans le temps…

Il fit un geste.

— Non ?

— Si. Je connais quelqu'un qui l'a vue souvent autrefois dans une maison close à Marseille… si, si, je t'assure… Mais il y a longtemps de ça, près de vingt ans ; son mariage l'a complètement décrassée, elle reçoit des gens très bien, et pour les relations elle est extrêmement exigeante… En règle générale, au bout de dix ans, toutes les femmes qui ont beaucoup roulé deviennent comme ça...

— Mon Dieu, soupira Mme Kampf, comme c'est difficile...

— Il faut de la méthode, ma chère... Pour la première réception, du monde et encore du monde, le plus de gueules que tu pourras... A la seconde ou à la troisième, seulement, on trie... Il faut inviter à tour de bras cette fois-ci...

— Mais si, au moins, on était sûr que tous viendront... S'il y a des gens qui refusent de venir, je crois que je mourrai de honte...

Kampf grimaça un rire silencieux.

— S'il y a des gens qui refusent de venir, tu les inviteras de nouveau la prochaine fois, et de nouveau encore la fois suivante... Veux-tu que je te dise? Au fond, pour avancer dans le monde, il ne faut que suivre à la lettre la morale de l'Evangile...

— Quoi ?

— Si on te donne un soufflet, tends l'autre joue… Le monde, c'est la meilleure école de l'humilité chrétienne.

— Je me demande, dit Mme Kampf vaguement choquée, où tu vas chercher toutes ces sottises, mon ami.

Kampf sourit.

— Allons, allons, la suite… Voici quelques adresses sur ce bout de papier que tu n'auras qu'à recopier, Antoinette…

Mme Kampf se pencha sur l'épaule de sa fille qui écrivait sans lever le front :

— C'est vrai qu'elle a une très jolie écriture, très formée… Dis donc, Alfred, M. Julien Nassan, ce n'est pas celui qui a été en prison pour cette affaire d'escroquerie ?…

— Nassan ? Si.

— Ah ! murmura Rosine un peu étonnée.

Kampf dit :

— Mais d'où sors-tu ? Il a été réhabilité, on le reçoit partout, c'est un garçon charmant, et surtout un homme d'affaires de tout premier ordre...

— M. Julien Nassan, 23 *bis,* avenue Hoche, relut Antoinette. Après, papa ?

— Il n'y en a que vingt-cinq, gémit Mme Kampf : jamais nous ne trouverons deux cents personnes, Alfred...

— Mais si, mais si, ne commence pas à t'énerver. Où est ta liste à toi ? Tous les gens que tu as connus à Nice, à Deauville, à Chamonix, l'année dernière...

Mme Kampf prit un bloc-notes sur la table.

— Le comte Moïssi, M., Mme et Mlle Lévy de Brunelleschi et le marquis d'Itcharra : c'est le gigolo de Mme Lévy, on les invite toujours ensemble...

— Il y a un mari, au moins ? questionna Kampf d'un air de doute.

— Je comprends, ce sont des gens très bien. Il y a encore des marquis, tu sais, il y en a cinq... Le marquis de Liguès y Hermosa, le marquis... Dis donc, Alfred, est-ce qu'on leur donne leurs titres en parlant ? Je pense qu'il vaut mieux, n'est-ce pas ? Pas monsieur le marquis, naturellement, comme les domestiques, mais : cher marquis, ma chère comtesse... sans cela les autres ne s'apercevraient même pas que l'on reçoit des gens titrés...

— Si on pouvait leur coller une étiquette dans le dos, hein, tu aimerais ça ?

— Oh ! tes plaisanteries idiotes... Allons, Antoinette, dépêche-toi de copier tout ça, ma petite fille...

Antoinette écrivit un moment, puis elle lut à voix haute :

« Le baron et la baronne Levinstein-

Lévy, le comte et la comtesse du Poirier... »

— Ce sont Abraham et Rébecca Birnbaum, ils ont acheté ce titre-là, c'est idiot, n'est-ce pas, de se faire appeler du Poirier ?... Tant qu'à faire, moi, je...

Elle s'absorba dans une rêverie profonde.

— Comte et comtesse Kampf, simplement, murmura-t-elle, ça ne sonne pas mal.

— Attends un peu, conseilla Kampf, pas avant dix ans...

Cependant Rosine triait des cartes de visite jetées pêle-mêle dans une coupe de malachite ornée de dragons chinois en bronze doré.

— Je voudrais bien savoir qui sont ces gens-là, tout de même, murmura-t-elle : c'est un lot de cartes que j'ai reçues pour la nouvelle année... Il y a des tas de petits gigolos que j'ai connus à Deauville...

— Il en faut le plus possible, ça
meuble, et s'ils sont habillés proprement...

— Oh, mon cher, tu plaisantes, ils
sont tous comtes, marquis, vicomtes
pour le moins... Mais je ne peux arriver
à mettre leurs noms sur leurs figures...
ils se ressemblent tous. Mais ça ne fait
rien au fond ; tu as bien vu comme on
faisait chez les Rothwan de Fiesque ? On
dit à tout le monde la même phrase
exactement : « Je suis si heureuse... » et
puis, si on est forcé de présenter deux
personnes l'une à l'autre, on bafouille
les noms... on n'entend jamais rien...
Tiens, Antoinette, ma petite, c'est un
travail facile, tout ça, les adresses sont
marquées sur les cartes...

— Mais, maman, interrompit Antoinette : ça, c'est la carte du tapissier...

— Qu'est-ce que tu racontes ? Fais
voir. Oui, elle a raison ; mon Dieu, mon

Dieu, je perds la tête, Alfred, je t'assure… Combien en as-tu, Antoinette ?

— Cent soixante-douze, maman.

— Ah ! tout de même !

Les Kampf poussèrent ensemble un soupir de satisfaction et se regardèrent en souriant, comme deux acteurs sur la scène après un troisième rappel, avec une expression mêlée de lassitude heureuse et de triomphe.

— Ça ne va pas mal, hein ?

Antoinette demanda timidement :

— Est-ce que… est-ce que Mlle Isabelle Cossette, ce n'est pas « ma » Mlle Isabelle ?

— Eh bien, mais si…

— Oh ! s'exclama Antoinette, pourquoi est-ce que tu l'invites ?

Elle rougit aussitôt avec violence, pressentant le sec : « ça te regarde ? » de sa mère ; mais Mme Kampf expliqua avec embarras :

— C'est une très bonne fille... Il faut faire plaisir aux gens...

— Elle est mauvaise comme la gale, protesta Antoinette.

Mlle Isabelle, une cousine des Kampf, professeur de musique dans plusieurs familles de riches coulissiers juifs, était une vieille fille plate, droite et raide comme un parapluie ; elle enseignait à Antoinette le piano et le solfège. Excessivement myope et ne portant jamais de lorgnon, car elle était vaine de ses yeux assez beaux et de ses épais sourcils, elle collait sur les partitions son long nez charnu, pointu, bleu de poudre de riz, et, dès qu'Antoinette se trompait, elle lui donnait rudement sur les doigts, avec une règle d'ébène, plate et dure comme elle-même. Elle était malveillante et fureteuse comme une vieille pie. La veille des leçons, Antoinette murmurait avec ferveur dans sa prière du soir (son père

s'étant converti à l'époque de son mariage, Antoinette avait été élevée dans la
religion catholique) : « Mon Dieu, faites
que Mlle Isabelle meure cette nuit. »

— La petite a raison, remarqua
Kampf surpris ; qu'est-ce qui te prend
d'inviter cette vieille folle ? tu ne peux
pas la sentir…

Mme Kampf haussa les épaules avec
colère :

— Ah ! tu ne comprends rien…
Comment veux-tu que la famille
l'apprenne sans ça ? Dis donc, tu vois
d'ici la tête de la tante Loridon qui s'est
brouillée avec moi parce que j'avais
épousé un Juif, et de Julie Lacombe et
de l'oncle Martial, tous ceux dans la
famille qui prenaient avec nous un petit
ton protecteur parce qu'ils étaient plus
riches que nous, tu te rappelles ? Enfin,
c'est bien simple, si on n'invite pas Isabelle, si je ne sais pas que le lendemain

ils crèveront tous de jalousie, j'aime
autant ne pas donner de bal du tout!
Ecris, Antoinette.

— Est-ce qu'on dansera dans les deux
salons?

— Naturellement, et dans la galerie…
tu sais que notre galerie est très belle…
je louerai des corbeilles de fleurs en
quantité; tu verras comme ce sera joli,
dans la grande galerie, toutes ces femmes en grande toilette avec de beaux
bijoux, les hommes en habit… Chez les
Lévy de Brunelleschi, c'était un specta-
cle féerique… Pendant les tangos, on
éteignait l'électricité, on laissait allu-
mées seulement deux grandes lampes
d'albâtre dans les coins avec une lumière rouge…

— Oh! je n'aime pas beaucoup ça, ça
fait dancing.

— Ça se fait partout à présent, il paraît; les femmes adorent se laisser tripo-

ter en musique… Le souper, naturellement, par petites tables…

— Un bar, peut-être, pour commencer ?…

— C'est une idée… Il faut les dégeler
dès qu'ils arrivent. On pourrait installer
le bar dans la chambre d'Antoinette.
Elle coucherait dans la lingerie ou le
petit cabinet de débarras au bout du
couloir, pour une nuit…

Antoinette tressaillit violemment. Elle
était devenue toute pâle ; elle murmura
d'une voix basse, étranglée :

— Est-ce que je ne pourrai pas rester
seulement un petit quart d'heure ?

Un bal… Mon Dieu, mon Dieu, ce
serait possible qu'il y eût là, à deux pas
d'elle, cette chose splendide qu'elle se
représentait vaguement comme un mé-
lange confus de folle musique, de par-
fums enivrants, de toilettes éclatantes…
de paroles amoureuses chuchotées dans

un boudoir écarté, obscur et frais
comme une alcôve… et qu'elle fût couchée ce soir-là, comme tous les soirs, à
neuf heures comme un bébé… Peut-être
des hommes qui savaient que les
Kampf avaient une fille demanderaient-
ils où elle était ; et sa mère répondrait
avec son petit rire détestable : « Oh,
mais elle dort depuis longtemps,
voyons… » Et pourtant qu'est-ce que
ça pouvait lui faire qu'Antoinette, elle
aussi, eût sa part de bonheur sur cette
terre ?… Oh ! mon Dieu, danser une
fois, une seule fois, avec une jolie robe,
comme une vraie jeune fille, serrée
dans des bras d'homme… Elle répéta
avec une sorte de hardiesse désespérée
en fermant les yeux, comme si elle ap-
puyait sur sa poitrine un revolver chargé :

— Seulement un petit quart d'heure,
dis, maman ?

— Quoi ? cria Mme Kampf stupéfaite, répète un peu…

— Tu iras au bal de M. Blanc, dit le père.

Mme Kampf haussa les épaules :

— Décidément, je crois que cette enfant est folle…

Antoinette cria tout à coup, la figure bouleversée :

— Je t'en supplie, maman, je t'en supplie… J'ai quatorze ans, maman, je ne suis plus une petite fille… je sais qu'on fait son entrée dans le monde à quinze ans ; j'ai l'air d'avoir quinze ans, et l'année prochaine…

Mme Kampf éclata subitement :

— Ça, par exemple, ça, c'est magnifique, cria-t-elle d'une voix enrouée de colère : cette gamine, cette morveuse, venir au bal, voyez-vous ça !… Attends un peu, je te ferai passer toutes ces idées de grandeur, ma fille… Ah ! tu crois que tu entreras « dans le monde » l'année prochaine ? Qu'est-ce qui t'a mis ces idées-là dans la tête ? Apprends, ma petite, que je commence seulement à vivre, moi, tu entends, moi, et que je n'ai pas l'intention de m'embarrasser de sitôt d'une fille à marier... Je ne sais pas ce qui me retient de t'allonger les oreilles pour te changer les idées, continua-t-elle sur le même ton, en faisant un mouvement vers Antoinette.

Antoinette recula et pâlit davantage ; une expression égarée, désespérée dans ses yeux, frappa Kampf d'une sorte de pitié.

— Allons, laisse-la, dit-il en arrêtant la main levée de Rosine : elle est fatiguée, énervée, cette petite, elle ne sait pas ce qu'elle dit... va te coucher, Antoinette.

Antoinette ne bougeait pas ; sa mère la poussa légèrement par les épaules :

— Allez, ouste, et sans répliquer ; file, ou bien gare…

Antoinette tremblait de tous ses membres, mais elle sortit avec lenteur sans une larme.

— Charmant, dit Mme Kampf quand elle fut partie : ça promet… D'ailleurs, j'étais toute pareille à son âge ; mais je ne suis pas comme ma pauvre maman qui n'a jamais su me dire non, à moi… Je la materai, je t'en réponds…

— Mais ça lui passera en dormant ; elle était fatiguée ; il est déjà onze heu-res ; elle n'a pas l'habitude de se coucher si tard : c'est ça qui l'aura énervée… Continuons la liste, c'est plus intéres-sant, dit Kampf.

III

Au milieu de la nuit, miss Betty fut réveillée par un bruit de sanglots dans la chambre voisine. Elle alluma l'électricité, écouta un moment à travers le mur. C'était la première fois qu'elle entendait pleurer la petite : quand Mme Kampf grondait, Antoinette, d'ordinaire, réussissait à ravaler ses larmes et ne disait rien.

— What's the matter with you, child ? Are you ill ? demanda l'Anglaise.

Immédiatement les sanglots cessèrent.

— Je suppose, votre mère vous a grondée, c'est pour votre bien, Antoinette... demain vous lui demanderez pardon, vous vous embrasserez et ce sera fini ; mais à cette heure il faut dormir ; voulez-vous une tasse de tilleul chaud ? Non ? Vous pourriez me répondre, ma chérie, acheva-t-elle comme Antoinette se taisait. Oh ! dear, dear, c'est bien laid, une petite fille qui boude ; vous faites de la peine à votre ange gardien...

Antoinette grimaça : « sale Anglaise » et tendit vers le mur ses faibles poings crispés. Sales égoïstes, hypocrites, tous, tous... Ça leur était bien égal qu'elle suffoquât, toute seule, dans le noir à force de pleurer, qu'elle se sentît misérable et seule comme un chien perdu...

Personne ne l'aimait, pas une âme au monde... Mais ils ne voyaient donc pas,

aveugles, imbéciles, qu'elle était mille
fois plus intelligente, plus précieuse,
plus profonde qu'eux tous, ces gens qui
osaient l'élever, l'instruire... Des nou-
veaux riches grossiers, incultes... Ah!
comme elle avait ri d'eux toute la soirée,
et ils n'avaient rien vu, naturellement...
elle pouvait pleurer ou rire sous leurs
yeux, ils ne daignaient rien voir... une
enfant de quatorze ans, une gamine,
c'est quelque chose de méprisable et de
bas comme un chien... de quel droit ils
l'envoyaient se coucher, la punissaient,
l'injuriaient? « Ah! je voudrais qu'ils
meurent. » Derrière le mur, on entendait
l'Anglaise respirer doucement en dormant. De nouveau Antoinette recommença à pleurer, mais plus bas, goûtant
les larmes qui coulaient sur les coins de
sa bouche et à l'intérieur des lèvres;
brusquement,   un   étrange   plaisir
l'envahit; pour la première fois de sa

vie, elle pleurait ainsi, sans grimaces, ni hoquets, silencieusement, comme une femme… Plus tard, elle pleurerait, d'amour, les mêmes larmes… Un long moment, elle écouta rouler les sanglots dans sa poitrine comme une houle profonde et basse sur la mer… sa bouche trempée de larmes avait une saveur de sel d'eau… Elle alluma la lampe et regarda curieusement son miroir. Elle avait les paupières gonflées, les joues rouges et marbrées. Comme une petite fille battue. Elle était laide, laide… Elle sanglota de nouveau.

« Je voudrais mourir, mon Dieu faites que je meure… mon Dieu, ma bonne Sainte Vierge, pourquoi m'avez-vous fait naître parmi eux ? Punissez-les, je vous en supplie… Punissez-les une fois, et puis, je veux bien mourir… »

Elle s'arrêta et dit tout à coup, à voix haute :

« Et sans doute, c'est tout des blagues, le bon Dieu, la Vierge, des blagues
comme les bons parents des livres et
l'âge heureux... »

Ah ! oui, l'âge heureux, quelle blague,
hein, quelle blague ! Elle répéta rageu-
sement en mordant ses mains si fort
qu'elle les sentit saigner sous ses dents :

« Heureux... heureux... j'aimerais
mieux être morte au fond de la terre... »

L'esclavage, la prison, aux mêmes
heures répéter de jour en jour les mêmes
gestes... Se lever, s'habiller... les petites robes sombres, les grosses bottines,
les bas à côtes, exprès, exprès comme
une livrée, pour que personne dans la
rue ne suive un instant du regard cette
gamine insignifiante qui passe... Imbéciles, vous ne lui verrez jamais plus
cette chair de fleur et ces paupières lis-
ses, intactes, fraîches et cernées, et ces
beaux yeux effrayés, effrontés, qui ap-

pellent, ignorent, attendent... Jamais, jamais plus... Attendre... et ces mauvais désirs... Pourquoi cette envie honteuse, désespérée, qui ronge le cœur en voyant passer deux amoureux au crépuscule, qui s'embrassent en marchant et titubent doucement, comme ivres... Une haine de vieille fille à quatorze ans ? Elle sait bien pourtant qu'elle aura sa part ; mais c'est si long, ça ne viendra jamais, et, en atten- dant, la vie étroite, humiliée, les leçons, la dure discipline, la mère qui crie...

« Cette femme, cette femme qui a osé me menacer ! »

Elle dit exprès à voix haute :

« Elle n'aurait pas osé... »

Mais elle se rappelait la main levée.

« Si elle m'avait touchée, je la grif- fais, je la mordais, et puis... on peut toujours s'échapper... et pour tou- jours... la fenêtre... » pensa-t-elle fié- vreusement.

Et elle se vit sur le trottoir, couchée,
en sang... Pas de bal le 15... On dirait :
« Cette petite, elle ne pouvait pas choisir
un autre jour pour se tuer... » Comme sa
mère avait dit : « Je veux vivre, moi,
moi... » Peut-être, au fond, cela faisait
plus mal encore que le reste... Jamais
Antoinette n'avait vu dans les yeux ma-
ternels ce froid regard de femme,
d'ennemie...

« Sales égoïstes ; c'est moi qui veux
vivre, moi, moi, je suis jeune, moi... Ils
me volent, ils volent ma part de bonheur
sur la terre... Oh ! pénétrer dans ce bal
par miracle, et être la plus belle, la plus
éblouissante, les hommes à ses pieds ! »

Elle chuchota :

« Vous   la   connaissez ?   C'est
Mlle Kampf. Elle n'est pas régulière-
ment jolie, si vous voulez, mais elle a un
charme extraordinaire... et si fine... elle
éclipse toutes les autres, n'est-ce pas ?

Quant à sa mère, elle a l'air d'une cuisinière à côté d'elle... »

Elle posa sa tête sur l'oreiller trempé de larmes et ferma les yeux ; une espèce de molle et lâche volupté détendait doucement ses membres las. Elle toucha son corps à travers la chemise, avec des doigts légers, tendrement, respectueusement... Beau corps préparé pour l'amour... Elle murmura :

— Quinze ans, ô Roméo, l'âge de Juliette...

Quand elle aura quinze ans, la saveur du monde sera changée...

IV

Le lendemain, Mme Kampf ne parla
pas à Antoinette de la scène de la veille ;
mais tout le temps que dura le déjeuner,
elle s'attacha à faire sentir à sa fille sa
mauvaise humeur par une série de ces
réprimandes brèves où elle excellait
quand elle était en colère.

— A quoi rêves-tu avec cette lèvre
qui pend ? Ferme la bouche, respire par
le nez. Comme c'est aimable pour des
parents, une fille qui est toujours dans

les nuages… Fais donc attention, comment est-ce que tu manges ? Tu as taché
la nappe, je parie… Tu ne peux pas
manger proprement à ton âge ? Et ne fais
pas aller tes narines, je te prie, ma
fille… tu dois apprendre à écouter les
observations sans faire cette tête… tu ne
daignes pas répondre ? tu as avalé ta
langue ? Bon, des larmes maintenant,
continua-t-elle en se levant et en jetant
sa serviette sur la table ; tiens, j'aime
mieux m'en aller que de voir cette figure
devant moi, petite sotte.

Elle sortit en poussant violemment la
porte ; Antoinette et l'Anglaise demeurèrent seules en face du couvert défait.

— Finissez donc votre dessert, Antoinette, chuchota Miss : vous serez en retard pour votre leçon d'allemand.

Antoinette, d'une main tremblante,
porta à sa bouche le quartier de l'orange
qu'elle venait de peler. Elle s'attachait à

manger lentement, calmement, pour que
le domestique, immobile derrière sa
chaise, pût la croire indifférente à ces
criailleries, méprisant « cette femme » ;
mais, malgré elle, des larmes s'échap-
paient de ses paupières gonflées et coulaient rondes et brillantes sur sa robe.

Un peu plus tard, Mme Kampf entra
dans la salle d'études ; elle tenait à
la main le paquet d'invitations prépa-
rées :

— Tu vas à ta leçon de piano après le
goûter, Antoinette ? Tu remettras à Isabelle son enveloppe et vous mettrez le
reste à la poste, Miss.

— Yes, Mrs Kampf.

Le bureau de poste était plein de
monde ; miss Betty regarda l'heure :

— Oh… nous n'avons pas le temps, il
est tard, je passerai à la poste pendant
votre leçon, chérie, dit-elle en détour-
nant les yeux et les joues plus rouges

encore qu'à l'ordinaire : ça vous... ça vous est égal, n'est-ce pas, chérie ?

— Oui, murmura Antoinette.

Elle ne dit plus rien ; mais, quand miss Betty, en lui recommandant de se dépêcher, l'eut laissée devant la maison où habitait Mlle Isabelle, Antoinette attendit un instant, dissimulée dans l'embrasure de la porte cochère et elle aperçut l'Anglaise qui se hâtait vers un taxi arrêté au coin de la rue. La voiture passa tout près d'Antoinette qui se haussait sur les pointes et regardait curieusement et peureusement à l'intérieur. Mais elle ne vit rien. Un moment elle demeura immobile, suivant des yeux le taxi qui s'éloignait.

« Je pensais bien qu'elle avait un amoureux... ils s'embrassent sans doute à présent comme dans les livres... Est-ce qu'il lui dit : "Je t'aime..." Et elle ? Est-ce qu'elle est... sa maîtresse ? pen-

sa-t-elle encore avec une sorte de honte,
de dégoût violent, mêlés d'obscure souf-
france : libre, seule avec un homme…
comme elle est heureuse… ils iront au
Bois, sans doute. Je voudrais que maman les voie… ah ! je voudrais ! murmura-t-elle en serrant les poings : mais non,
les amoureux ont du bonheur… ils sont
heureux, ils sont ensemble, ils
s'embrassent… Le monde entier est
plein d'hommes et de femmes qui
s'aiment… Pourquoi pas moi ? »

Son cartable d'écolière traînait devant
elle, balancé à bout de bras. Elle le regarda avec haine, puis soupira, tourna
lentement les talons, traversa la cour.
Elle était en retard. Mlle Isabelle dirait :
« On ne t'apprend donc pas que
l'exactitude est le premier devoir d'une
enfant bien élevée envers ses profes-
seurs, Antoinette ? »

« Elle est bête, elle est vieille, elle

est laide… pensa-t-elle avec exaspéra-
tion. »

Tout haut, elle dévida :

— Bonjour, mademoiselle, c'est maman qui m'a retenue ; ce n'est pas de ma
faute et elle m'a dit de vous remettre
ceci…

Comme elle tendait l'enveloppe, elle
ajouta avec une brusque inspiration :

— … Et elle a demandé que vous me
laissiez partir cinq minutes plus tôt que
d'habitude…

Comme cela elle verrait peut-être revenir Miss accompagnée.

Mais Mlle Isabelle n'écoutait pas.
Elle lisait l'invitation de Mme Kampf.

Antoinette vit rougir brusquement ses
longues joues brunes et sèches.

— Comment ? Un bal ? Ta mère
donne un bal ?

Elle tournait et retournait la carte entre ses doigts, puis elle la passa furtive-

ment sur le dos de sa main. Etait-elle gravée ou imprimée seulement? Cela faisait au moins quarante francs de différence... Elle reconnut aussitôt la gravure au toucher... Elle haussa les épaules avec humeur. Ces Kampf avaient toujours été d'une vanité et d'une prodigalité folles... Autrefois, quand Rosine travaillait à la Banque de Paris (et il n'y avait pas si longtemps de cela, mon Dieu!) elle dépensait son mois tout entier en toilettes... elle portait du linge de soie... des gants frais toutes les semaines... Mais elle allait dans les maisons de rendez-vous, sans doute... Seules, ces femmes-là avaient du bonheur... Les autres... Elle murmura amèrement :

— Ta mère a toujours eu de la chance...

« Elle rage », se dit Antoinette; elle demanda avec une petite grimace malicieuse :

— Mais vous viendrez sûrement, n'est-ce pas ?

— Je vais te dire, je ferai l'impossible parce que j'ai vraiment beaucoup envie de voir ta mère, dit Mlle Isabelle ; mais, d'autre part, je ne sais pas encore si je pourrai... Des amis, les parents d'une petite élève, ce sont les Gros, Aristide Gros, l'ancien chef de cabinet, ton père en a sûrement entendu parler, je les connais depuis des années – ils m'ont invitée au théâtre, et j'ai formellement promis, tu comprends ?... Enfin, je tâcherai d'arranger ça, conclut-elle sans préciser davantage : mais, en tous les cas, tu diras à ta mère que je serai enchantée, charmée de passer un moment avec elle...

— Bien, mademoiselle.

— Maintenant, travaillons, allons, assieds-toi...

Antoinette fit virer lentement le tabouret de peluche devant le piano. Elle aurait pu dessiner de mémoire les taches, les trous de l'étoffe... Elle commença ses gammes. Elle fixait avec une morne application un vase sur la cheminée, peint en jaune, noir de poussière à l'intérieur... Jamais une fleur... Et ces hideuses petites boîtes en coquillages sur les étagères... Comme c'était laid, misérable et sinistre, ce petit appartement noir où on la traînait depuis des années...

Tandis que Mlle Isabelle disposait les partitions, elle tourna furtivement la tête vers la fenêtre... (Il devait faire très beau au Bois, au crépuscule, avec ces arbres nus, délicats d'hiver et ce ciel blanc comme une perle...) Trois fois par semaine, toutes les semaines, depuis six ans... Est-ce que cela durerait jusqu'à ce qu'elle meure ?

— Antoinette, Antoinette, comment

tiens-tu les mains? Recommence-moi
ça, je te prie… Est-ce qu'il y aura beaucoup de monde chez ta mère?

— Je crois que maman a invité deux
cents personnes.

— Ah! Elle croit qu'il y aura suffi-
samment de place? Elle ne craint pas
qu'il fasse trop chaud, qu'on soit trop à
l'étroit? Joue plus fort, Antoinette, du
nerf; ta main gauche est molle, ma petite… Cette gamme-ci pour la prochaine
fois et l'exercice n° 18 du troisième cahier de Czerny…

Les gammes, les exercices… pendant
des mois et des mois : *La Mort d'Ase*,
les *Chansons sans paroles* de
Mendelssohn, la Barcarolle des *Contes
d'Hoffmann*… Et sous ses doigts rai-
des d'écolière, tout cela se fondait en
une espèce d'informe et bruyante cla-
meur…

Mlle Isabelle battait fortement la mesure avec un cahier de notes roulé dans ses mains.

— Pourquoi appuies-tu ainsi tes doigts sur les touches ? *Staccato, Staccato...* Tu crois que je ne vois pas comment tu tiens l'annulaire et l'auriculaire ? Deux cents personnes, tu dis ? Tu les connais tous ?

— Non.

— Est-ce que ta mère va mettre sa nouvelle robe rose de Premet ?

— ...

— Et toi ? Tu assisteras au bal, je suppose ? Tu es assez grande !

— Je ne sais pas, murmura Antoinette avec un frémissement douloureux.

— Plus vite, plus vite... voilà dans quel mouvement ça doit être joué... une, deux, une, deux, une, deux... Allons, tu dors, Antoinette ? La suite, ma petite fille...

La suite... ce passage hérissé de diè-

ses où l'on bute à chaque coup... Dans
l'appartement voisin un petit enfant qui
pleure... Mlle Isabelle a allumé la
lampe... Dehors, le ciel s'est assombri,
effacé... La pendule sonne quatre fois...
Encore une heure perdue, sombrée, qui
a coulé entre les doigts comme l'eau
et qui ne reviendra plus... « je voudrais m'en aller très loin ou bien mourir... »

— Tu es fatiguée, Antoinette ? Déjà ?
A ton âge, je jouais six heures par
jour... Attends donc un peu, ne cours
pas si vite, comme tu es pressée... A
quelle heure faudra-t-il que je vienne le
15 ?

— C'est écrit sur la carte. Dix heures.

— C'est très bien. Mais je te verrai
avant.

— Oui, mademoiselle...

Dehors, la rue était vide. Antoinette se
colla contre le mur et attendit. Au bout

d'un instant, elle reconnut le pas de miss Betty qui se hâtait au bras d'un homme. Elle se jeta en avant, buta dans les jambes du couple. Miss Betty poussa un faible cri.

— Oh, miss, je vous attends depuis un grand quart d'heure…

Un éclair elle eut presque sous les yeux le visage de Miss tellement changé qu'elle s'arrêta comme si elle hésitait à le reconnaître. Mais elle ne vit pas la petite bouche pitoyable, ouverte, meurtrie comme une fleur forcée ; elle regardait avidement « l'homme ».

C'était un très jeune homme. Un étudiant. Un collégien peut-être, avec cette tendre lèvre enflammée par les premiers coups de rasoir… de jolis yeux effrontés… Il fumait. Tandis que Miss balbutiait des excuses, il dit tranquillement à haute voix :

— Présentez-moi, ma cousine.

— My cousin, Ann-toinette, souffla
miss Betty.

Antoinette tendit la main. Le garçon
rit un peu, se tut; puis il parut réfléchir
et enfin proposa :

— Je vous accompagne, n'est-ce pas ?

Tous les trois ils descendirent en silence la petite rue vide et noire. Le vent
poussait contre la figure d'Antoinette un
air frais, mouillé de pluie, comme em-
bué de larmes. Elle ralentit le pas, regarda les amoureux qui marchaient devant
elle sans rien dire, serrés l'un contre
l'autre. Comme ils allaient vite… Elle
s'arrêta. Ils ne détournèrent même pas la
tête. « Si une voiture m'écrasait, est-ce
qu'ils entendraient seulement ? » pensa-
t-elle avec une singulière amertume. Un
homme qui passait la heurta ; elle eut un
mouvement effrayé de recul. Mais ce
n'était que l'allumeur de réverbères ; elle
vit comme il les touchait un à un avec sa

longue perche, et ils s'enflammaient brusquement dans la nuit. Toutes ces lumières qui clignotaient et vacillaient comme des bougies au vent... Tout à coup, elle eut peur. Elle courut en avant de toutes ses forces.

Elle rejoignit les amoureux devant le pont Alexandre-III. Ils se parlaient très vite, très bas dans la figure. En apercevant Antoinette, le garçon eut un geste impatienté. Miss Betty se troubla un moment ; puis, saisie d'une brusque inspiration, elle ouvrit son sac, en tira le paquet d'enveloppes.

— Tenez, chérie, voilà les invitations de votre maman que je n'ai pas encore mises à la poste... Courez vite jusqu'à ce petit bureau de tabac, là, dans la petite rue à gauche... vous voyez la lumière ? Vous les jetterez à la boîte. Nous vous attendons ici...

Elle fourra le paquet préparé dans la

main d'Antoinette; puis elle s'éloigna
précipitamment. Au milieu du pont,
Antoinette la vit s'arrêter de nouveau,
attendre le garçon en baissant la tête. Ils
s'appuyèrent contre le parapet.

Antoinette n'avait pas bougé. A cause
de l'obscurité, elle ne voyait que deux
ombres confuses et tout autour la Seine
noire et pleine de reflets. Même quand
ils s'embrassèrent, elle devina plutôt
qu'elle ne vit le fléchissement, l'espèce
de chute molle de deux visages l'un
contre l'autre; mais elle tordit brusquement les mains comme une femme jalouse... Dans le mouvement qu'elle fit,
une enveloppe s'échappa et tomba à
terre. Elle eut peur et la ramassa à la
hâte, et, au même instant, elle eut honte
de cette peur : quoi? toujours trembler
comme une petite fille? Elle n'était pas
digne d'être une femme. Et ces deux-là
qui s'embrassaient toujours? Ils

n'avaient pas dénoué les lèvres... Une
espèce de vertige s'empara d'elle, un
besoin sauvage de bravade et de mal.
Les dents serrées, elle saisit toutes les
enveloppes, les froissa dans ses mains,
les déchira et les lança toutes ensemble
dans la Seine. Un long moment, le cœur
dilaté, elle les regarda qui flottaient
contre l'arche du pont. Et puis, le vent
finit par les emporter dans l'eau.

V

Antoinette revenait de promenade avec Miss, il était près de six heures. Comme personne ne répondait à leur coup de sonnette, miss Betty frappa. Derrière la porte, elles entendirent un bruit de meubles qu'on traînait.

— Ils doivent être en train d'arranger le vestiaire, dit l'Anglaise : c'est pour ce soir, le bal ; moi, j'oublie toujours, et vous, chérie ?

Elle sourit à Antoinette d'un air de

complicité craintive et tendre. Pourtant,
elle n'avait pas revu, devant la petite,
son jeune amant ; mais depuis cette dernière entrevue, Antoinette était tellement
taciturne qu'elle inquiétait Miss par son
silence, ses regards…

Le domestique ouvrit la porte.

Aussitôt Mme Kampf, qui, dans la
salle à manger voisine, surveillait
l'électricien, s'élança :

— Vous ne pouviez pas passer par
l'escalier de service, non ? cria-t-elle
d'un ton furieux : vous voyez bien qu'on
met des vestiaires dans l'antichambre. A
présent, tout est à recommencer, ça ne
sera jamais fini, continua-t-elle en sai-
sissant une table pour aider le concierge
et Georges qui arrangeaient la pièce.

Dans la salle à manger et la longue
galerie qui la suivait, six serveurs en
veste de toile blanche disposaient les
tables pour le souper. Au milieu le buf-

fet était dressé, tout orné de fleurs éclatantes.

Antoinette voulut entrer dans sa
chambre ; Mme Kampf cria de nouveau :

— Pas par là, ne va pas là... Il y a le
bar chez toi, et chez vous aussi, Miss,
c'est occupé ; vous coucherez dans la
lingerie pour cette nuit, et toi, Antoinette, dans le petit cabinet de débarras...
c'est au bout de l'appartement, tu pourras dormir, tu n'entendras même pas la
musique... Qu'est-ce que vous faites ?
dit-elle à l'électricien qui travaillait sans
se presser en chantonnant : vous voyez
bien que cette ampoule ne marche pas...

— Eh, il faut le temps, ma petite
dame...

Rosine haussa les épaules avec irrita-
tion :

« ... Le temps, le temps, et il y a une
heure qu'il est après », murmura-t-elle à
mi-voix.

Elle serrait violemment les mains en parlant, d'un geste tellement identique à celui d'Antoinette en colère, que la petite, immobile sur le seuil, tressaillit brusquement, comme quand on se trouve, à l'improviste, devant un miroir.

Mme Kampf était vêtue d'une robe de chambre, les pieds nus dans des mules; ses cheveux défaits se tordaient comme des serpents autour de son visage en feu. Elle aperçut le fleuriste, qui, les bras pleins de roses, s'efforçait de passer devant Antoinette adossée à la muraille :

— Pardon, mademoiselle.

— Allons, pousse-toi donc, voyons, cria-t-elle si brusquement qu'Antoinette en reculant heurta l'homme du coude et effeuilla une rose :

— Mais tu es insupportable, continuat-elle d'une voix si forte que les verreries, sur la table, tintèrent; qu'est-ce que tu fais ici, à te fourrer dans les jambes des gens, à embêter tout le monde ? Va-t'en, va dans ta chambre, non pas dans ta chambre, dans la lingerie, où tu voudras ; mais qu'on ne te voie pas et que je ne t'entende pas !

Antoinette disparue, Mme Kampf traversa à la hâte la salle à manger, l'office encombré de seaux à frapper le champagne, pleins de glace, et gagna le cabinet de travail de son mari. Kampf téléphonait. Elle attendit à peine qu'il eût raccroché le récepteur et aussitôt, elle s'exclama :

— Mais qu'est-ce que tu fais, tu n'es pas rasé ?

— A six heures ? mais tu es folle !

— D'abord, il est six heures et demie, et puis il peut y avoir encore des courses à faire à la dernière minute ; il vaut mieux être tout prêt.

— Tu es folle, répéta-t-il avec impatience : les domestiques sont là pour les courses…

— J'aime quand tu commences à faire l'aristocrate et le monsieur, dit-elle en haussant les épaules : « les domestiques sont là… » ; garde donc tes manières pour tes invités…

Kampf grinça :

— Oh ! ne commence pas à t'énerver, hein !

— Mais comment veux-tu, cria Rosine, des larmes dans la voix, comment veux-tu que je ne m'énerve pas ! Rien ne va ! ces cochons de domestiques ne seront jamais prêts ! Il faut que je sois partout, que je surveille tout, et ça fait trois nuits que je ne dors pas ; je suis à bout, je sens que je deviens folle !…

Elle saisit un petit cendrier d'argent et le lança à terre ; mais cette violence parut la calmer. Elle sourit avec un peu de honte.

— Ce n'est pas ma faute, Alfred...

Kampf secoua la tête sans répondre.
Comme Rosine s'en allait, il la rappela :

— Dis donc, écoute, je voulais te demander, tu n'as toujours rien reçu, pas
une réponse des invités ?

— Non, pourquoi ?

— Je ne sais pas, ça me paraît drôle...
Et c'est comme un fait exprès ; je voulais demander à Barthélemy s'il avait
bien reçu sa carte, et voilà une semaine
que je ne le vois pas à la Bourse... Si je
téléphonais ?

— Maintenant ? Ce serait idiot.

— C'est tout de même drôle, dit
Kampf.

Sa femme l'interrompit :

— Eh bien, c'est que ça ne se fait pas
de répondre, voilà tout ! On vient ou on
ne vient pas... Et veux-tu que je te dise ?
Ça me fait même plaisir... Ça veut dire
que personne n'a pensé d'avance à nous

faire faux bond… Ils se seraient excu-
sés, au moins, tu ne crois pas ?

Comme son mari ne répondait rien,
elle questionna avec impatience :

— N'est-ce pas, Alfred ? J'ai raison ?
Hein ! Qu'est-ce que tu dis ?

Kampf écarta les bras.

— Je ne sais rien… Qu'est-ce que tu
veux que je dise ? Je ne sais pas plus que
toi…

Ils se regardèrent un moment en
silence. Rosine soupira en baissant la
tête.

— Oh ! mon Dieu, on est comme per-
dus, n'est-ce pas ?

— Ça passera, fit Kampf.

— Je sais bien, mais en attendant…
Oh, si tu savais comme j'ai peur ! Je
voudrais que ce soit déjà fini…

— Ne t'énerve pas, répéta mollement
Kampf.

Lui-même tournait son coupe-papier

dans les mains d'un air absent. Il re-
commanda :

— Surtout, parle le moins possible...
des phrases toutes faites... « Je suis heureuse de vous voir... Prenez donc quelque chose... Il fait chaud, il fait
froid... »

— Ce qui sera terrible, dit Rosine
d'un ton soucieux, ce sera les présenta-
tions... Songe donc, tous ces gens que
j'ai vus une fois dans ma vie, c'est à
peine si je connais leurs figures... et qui
ne se connaissent pas, qui n'ont rien de
commun entre eux...

— Eh mon Dieu, tu bafouilleras quelque chose. Après tout, tout le monde est
dans notre cas, tout le monde a commencé un jour.

— Te rappelles-tu, demanda brusquement Rosine, notre petit appartement
rue Favart ? Et comme on a hésité avant
de remplacer le vieux divan dans la salle

à manger qui était tout crevé ? Il y a quatre ans de ça, et regarde… ajouta-t-elle en montrant les meubles lourds de bronze qui les entouraient.

— Tu veux dire, demanda-t-il, que, dans quatre ans d'ici, on recevra des ambassadeurs, et alors, nous nous rappellerons comme nous étions ici ce soir à trembler parce qu'une centaine de maquereaux et de vieilles grues devaient venir ? Hein ?

Elle lui posa en riant la main sur la bouche.

— Tais-toi, voyons !

Comme elle sortait, elle se heurta au maître d'hôtel qui venait l'avertir au sujet des mossers : ils n'étaient pas arrivés avec le champagne ; le barman croyait qu'il n'aurait pas assez de gin pour les cocktails.

Rosine se saisit la tête à deux mains.

— Allons bon, il ne manquait plus

que ça, commença-t-elle à clamer, vous ne pouviez pas me dire ça avant, non? Où voulez-vous que je trouve du gin à cette heure-ci? Tout est fermé... et les mossers...

— Envoyez le chauffeur, ma chère, conseilla Kampf.

— Le chauffeur est allé dîner, dit Georges.

— Naturellement, cria Rosine hors d'elle, naturellement! Il se fout bien... – elle se rattrapa – ça lui est bien égal si on a besoin ou non de lui, monsieur file, monsieur va dîner! En voilà encore un que je balancerai demain à la première heure, ajouta-t-elle en s'adressant à Georges d'un ton si furieux que le valet pinça immédiatement ses longues lèvres rasées.

— Si Madame dit ça pour moi... commença-t-il.

— Mais non, mon ami, mais non,

vous êtes fou... ça m'a échappé; vous voyez bien que je suis énervée, dit Rosine en haussant les épaules; prenez un taxi, et allez tout de suite chez Nicolas... Donne-lui de l'argent, Alfred...

Elle se précipita dans sa chambre, redressant les fleurs au passage et gourmandant les serveurs :

— Cette assiette de petits fours est mal placée, là... Redressez la queue du faisan davantage. Les sandwiches au caviar frais, où sont-ils ? Ne les mettez pas trop en avant : tout le monde se jettera dessus. Et les barquettes au foie gras ? Où sont les barquettes au foie gras ? Je parie qu'on a oublié les barquettes au foie gras ! Si je ne fourre pas mon nez partout !...

— Mais on est en train de les déballer, Madame, dit le maître d'hôtel.

Il la regardait avec une ironie mal dissimulée.

« Je dois être ridicule », pensa brusquement Rosine en apercevant dans la
glace sa figure empourprée, ses yeux
égarés, ses lèvres tremblantes. Mais,
comme une enfant surmenée, elle sentait
qu'elle ne pouvait pas se calmer malgré
tous ses efforts ; elle était épuisée et
prête aux larmes.

Elle rentra chez elle.

La femme de chambre disposait sur le
lit la toilette de bal, en lamé d'argent,
ornée d'épaisses franges de perles, les
souliers qui brillaient comme des bijoux,
les bas de mousseline.

— Madame va dîner de suite ? On
servira le dîner ici pour ne pas déranger
les tables sans doute...

— Je n'ai pas faim, dit Rosine avec
emportement.

— Comme Madame voudra ; mais
moi, je puis aller dîner, à la fin ? dit Lucie en serrant les lèvres, car Mme

Kampf lui avait fait recoudre pendant quatre heures les perles de sa robe qui s'effilaient le long des franges : je ferai remarquer à Madame qu'il est près de huit heures et que les gens ne sont pas des bêtes.

— Mais allez, ma fille, allez, est-ce que je vous retiens ! s'exclama Mme Kampf.

Quand elle fut seule, elle se jeta sur le canapé et ferma les yeux ; mais la chambre était glacée, comme une cave : on avait éteint les radiateurs depuis le matin dans tout l'appartement. Elle se releva, s'approcha de la coiffeuse.

« Je suis à faire peur... »

Elle commença à farder minutieusement son visage ; d'abord, une couche épaisse de crème qu'elle malaxait des deux mains, puis le rouge liquide sur les joues, le noir sur les cils, la petite ligne légère qui allongeait les paupières vers

les tempes, la poudre... Elle se ma-
quillait avec une extrême lenteur, et, de
temps en temps, elle s'arrêtait, elle pre-
nait le miroir et elle dévorait des yeux
son image avec une attention passion-
née, anxieuse, et des regards à la fois
durs, méfiants et rusés. Brusquement,
elle saisit de ses doigts serrés un cheveu
blanc sur la tempe ; elle l'arracha avec
une grimace violente. Ah! la vie était
mal faite !... Son visage de vingt ans...
ses joues en fleur... et des bas rapiécés,
du linge raccommodé... A présent, les
bijoux, les robes, les premières rides...
tout cela va ensemble... Comme il fal-
lait se hâter de vivre, mon Dieu, de
plaire aux hommes, d'aimer... L'argent,
les belles toilettes et les belles voitures,
à quoi bon tout cela s'il n'y avait pas un
homme dans la vie, un beau, un jeune
amant ?... Cet amant... comme elle
l'avait attendu. Elle avait écouté et suivi

des hommes qui lui parlaient d'amour quand elle était encore une pauvre fille, parce qu'ils étaient bien habillés, avec de belles mains soignées... Quels mufles, tous... Mais elle n'avait pas cessé d'attendre... Et maintenant, c'était la dernière chance, les dernières années avant la vieillesse, la vraie, sans remèdes, l'irréparable... Elle ferma les yeux, imagina de jeunes lèvres, un regard avide et tendre, chargé de désirs...

A la hâte, comme si elle courait à un rendez-vous d'amour, elle jeta son peignoir, commença à s'habiller : elle enfila ses bas, ses souliers, sa robe, avec l'agilité particulière de celles qui, toute leur vie, se sont passées de femmes de chambre. Les bijoux... Elle en avait un coffre plein... Kampf disait que c'étaient les plus sûrs placements... Elle mit son grand collier de perles à deux rangs, toutes ses bagues, à chaque bras

des bracelets de diamants énormes qui
les emprisonnaient des poignets jusqu'aux coudes; puis elle fixa à son cor-
sage un grand pendentif orné de saphirs,
de rubis et d'émeraudes. Elle rutilait,
elle étincelait comme une châsse. Elle
recula de quelques pas, se regarda avec
un sourire joyeux… La vie commençait
enfin!… Ce soir même, qui sait?…

VI

Antoinette et Miss finissaient de dîner sur une planche à repasser, étendue en travers de deux chaises dans la lingerie. Derrière la porte on entendait les domestiques courir dans l'office et un bruit de vaisselle heurtée. Antoinette ne bougeait pas, les mains serrées entre ses genoux. A neuf heures, Miss regarda sa montre.

— Il faut aller tout de suite au lit, chérie... vous n'entendrez pas la musique dans la petite chambre ; vous dormirez bien.

Comme Antoinette ne répondait pas, elle frappa en riant dans ses mains.

— Allons, réveillez-vous, Antoinette, qu'est-ce que vous avez ?

Elle la mena jusqu'à un petit cabinet de débarras, mal éclairé, et qu'on avait meublé à la hâte d'un lit de fer et de deux chaises.

En face, de l'autre côté de la cour, on apercevait les fenêtres brillantes du salon et de la salle à manger.

— Vous pourrez voir danser les gens d'ici ; il n'y a pas de volets, plaisanta miss Betty.

Quand elle fut partie, Antoinette vint coller peureusement et avidement son front aux vitres ; un grand pan de mur était illuminé par la clarté dorée, ardente, des fenêtres. Des ombres passaient en courant derrière les rideaux de tulle. Les domestiques. Quelqu'un entr'ouvrit la baie; Antoinette perçut distinctement le bruit des instruments qu'on accordait au fond du salon. Les musiciens étaient déjà là... Mon Dieu, il était plus de neuf heures... Toute la semaine, elle avait attendu confusément une catastrophe qui engloutirait le monde à temps pour que rien ne fût découvert; mais le soir passait comme tous les soirs. Dans un appartement voisin, une horloge sonna la demie. Encore trente minutes, trois quarts d'heure, et puis... Rien, il n'arriverait rien, sans doute, puisque, lorsqu'elles étaient rentrées ce jour-là, de promenade, Mme Kampf avait demandé en se jetant sur Miss, avec cette impétuosité qu'elle avait et qui faisait perdre immédiatement la tête aux gens nerveux : « Eh bien, vous avez mis les invitations à la poste; vous n'avez rien perdu, rien égaré, vous êtes sûre ? » et que Miss avait dit : « Oui, Mrs Kampf. » Certainement, elle était responsable, elle seule... Et si on la renvoyait, tant pis, c'était bien fait, ça lui apprendrait.

« Je m'en fiche, je m'en fiche », balbutia-t-elle ; elle mordit avec emportement ses mains, qui, sous les jeunes dents aiguës, saignèrent.

« Et l'autre, elle pourra me faire ce qu'elle voudra, je n'ai pas peur, je m'en fiche ! »

Elle regarda la cour noircie et profonde sous la fenêtre.

« Je me tuerai, et, avant de mourir, je dirai que c'est à cause d'elle, voilà tout, murmura-t-elle : je n'ai peur de rien, je me suis vengée d'avance... »

Elle recommença à guetter ; la vitre s'embuait sous ses lèvres ; elle la frottait avec violence et, de nouveau, y collait son visage. A la fin, impatientée, elle ouvrit tout grands les deux battants. La nuit était pure et froide. Maintenant, elle voyait distinctement, de ses yeux perçants de quinze ans, les chaises rangées le long du mur, les musiciens autour du piano. Elle demeura immobile si longtemps qu'elle ne sentait plus ses joues ni ses bras nus. Un moment, elle s'hallucina jusqu'à penser que rien n'était arrivé, qu'elle avait vu en rêve le pont, l'eau noire de la Seine, les billets déchirés qui volaient dans le vent, et que les invités allaient entrer par miracle, et la fête commencer. Elle entendit sonner les trois quarts, et puis, dix coups… Les dix coups… Alors, elle tressaillit et se glissa hors de la pièce. Elle marchait vers le salon, comme un assassin novice qu'attire le lieu de son crime. Elle traversa le corridor, où deux serveurs, la tête renversée, buvaient à même le goulot des bouteilles de champagne. Elle

gagna la salle à manger. Elle était déserte, toute prête, parée avec la grande
table au milieu, chargée de gibier, de
poissons en gelée, d'huîtres dans des
plats d'argent, ornée de dentelles de
Venise, avec les fleurs qui reliaient les
assiettes, et les fruits en deux pyramides
égales. Tout autour, les guéridons à
quatre et six couverts brillaient de cris-
taux, de fine porcelaine, d'argent et de
vermeil. Plus tard, Antoinette ne put
jamais comprendre comment elle avait
osé traverser ainsi, dans toute sa lon-
gueur, cette grande chambre rutilante de
lumières. Au seuil du salon, elle hésita
un instant et puis elle avisa dans le boudoir voisin le grand canapé de soie ; elle
se jeta sur les genoux, se faufila entre le
dos du meuble et la tenture flottante ; il y
avait juste une petite place où elle pourrait demeurer en serrant ses bras et ses
genoux contre elle, et, en avançant la

tête, elle voyait le salon comme une scène de théâtre. Elle tremblait doucement, toute gelée encore de sa longue station devant la fenêtre ouverte. A présent, l'appartement semblait endormi, calme, silencieux. Les musiciens parlaient à voix basse. Elle voyait le nègre avec ses dents brillantes, une dame en robe de soie, des cymbales comme une grosse caisse dans une fête foraine, un violoncelle énorme debout dans un coin. Le nègre soupira en effleurant de l'ongle une espèce de guitare qui bourdonna et gémit sourdement.

— On commence et on finit de plus en plus tard, maintenant.

La pianiste dit quelques mots qu'Antoinette n'entendit pas et qui firent rire les autres. Puis, M. et Mme Kampf entrèrent brusquement.

Lorsque Antoinette les aperçut, elle fit un mouvement comme pour s'enfoncer dans la terre; elle s'écrasa contre la muraille, la bouche enfouie dans le creux de son coude replié; mais elle entendait leurs pas qui se rapprochaient. Ils étaient tout près d'elle. Kampf s'assit dans un fauteuil en face d'Antoinette. Rosine tourna un instant dans la pièce; elle alluma, puis elle éteignit les appliques de la cheminée. Elle étincelait de diamants.

— Assieds-toi, dit Kampf à voix basse, c'est idiot de t'agiter comme ça...

Elle se plaça de telle façon qu'Antoinette qui avait ouvert les yeux et avancé la tête, jusqu'à toucher de la joue le bois du canapé, vit sa mère debout en face d'elle, et elle fut frappée d'une expression sur ce visage impérieux, qu'elle n'avait jamais vue : une sorte d'humilité, de zèle, d'effroi...

— Alfred, tu crois que ce sera bien? demanda-t-elle d'une voix pure et tremblante de petite fille.

Alfred n'eut pas le temps de répondre ; car un coup de sonnette vibra brusquement à travers l'appartement.

Rosine joignit les mains.

— Oh, mon Dieu, ça commence ! chuchota-t-elle comme s'il se fût agi d'un tremblement de terre.

Tous les deux s'élancèrent vers la porte du salon ouverte à deux battants.

Au bout d'un instant, Antoinette les vit revenir, encadrant Mlle Isabelle qui parlait très haut, d'une voix différente elle aussi, inhabituelle, haute et pointue, avec de petits éclats de rire qui piquaient ses phrases comme des aigrettes.

« Celle-là encore que j'avais oubliée », pensa Antoinette avec épouvante.

Mme Kampf, radieuse à présent, parlait sans s'arrêter ; elle avait repris sa mine arrogante et joyeuse ; elle lançait des clins d'œil malicieux à son mari, en lui montrant furtivement la robe de Mlle Isabelle, en tulle jaune, avec, autour de son long cou sec, un boa de plumes qu'elle tourmentait des deux mains comme l'éventail de Célimène ; un face-à-main en argent pendait au bout du ruban de velours orange qui entourait son poignet.

— Vous ne connaissiez pas cette pièce, Isabelle ?

— Mais non, elle est très jolie, qui vous l'a meublée ? Oh ! c'est ravissant, ces petites potiches. Tiens, vous aimez encore ce style japonais, Rosine ? Moi, je le défends toujours ; je disais encore aux Bloch-Levy, l'autre jour, les Salomon, vous connaissez ? qui reprochaient à ce style d'être toc et de faire « nouveau riche » (selon leur expression) :

« Vous direz ce que vous voudrez, mais c'est gai, c'est vivant, et puis, que

ce soit moins cher, par exemple, que le
Louis XV, ce n'est pas un défaut, au
contraire...

— Mais vous vous trompez absolu-
ment, Isabelle, protesta Rosine avec vi-
vacité : le Chinois ancien, le Japonais,
ça atteint des prix fous... Ainsi, cette
potiche avec des oiseaux...

— Un peu bas d'époque...

— Mon mari l'a payée dix mille
francs à l'Hôtel Drouot... Qu'est-ce que
je dis ? Dix mille francs, douze mille,
n'est-ce pas, Alfred ? Oh ! je l'ai grondé,
mais pas longtemps ; moi-même j'adore
fureter, bibeloter, c'est ma passion.

Kampf sonna :

— Vous prendrez bien un verre de
porto, n'est-ce pas, mesdames ? Appor-
tez, dit-il à Georges qui entrait, trois ver-
res de porto Sandeman et des
sandwiches, des sandwiches au caviar...

Comme Mlle Isabelle s'était éloignée

et examinait, à travers son face-à-main, un Bouddha doré sur un coussin de velours, Mme Kampf souffla rapidement :

— Des sandwiches, mais tu es fou, tu ne vas pas me faire déranger toute ma table pour elle ! Georges, vous apporterez des gâteaux secs dans la corbeille de Saxe, dans la corbeille de Saxe, vous m'entendez bien ?

— Oui, Madame.

Il revint au bout d'un instant avec le plateau et le carafon de Baccarat. Les trois burent en silence. Puis Mme Kampf et Mlle Isabelle s'assirent sur le canapé derrière lequel Antoinette se cachait. Elle aurait pu toucher, en avançant la main, les souliers d'argent de sa mère et les escarpins de satin jaune de son professeur. Kampf marchait de long en large avec de furtifs regards à la pendule.

— Et dites-moi un peu qui nous ver-
rons ce soir ? demanda Mlle Isabelle.

— Oh ! fit Rosine, quelques personnes
charmantes, quelques vieilles barbes
aussi, comme la vieille marquise de San
Palacio, à qui je dois rendre sa politesse ;
mais elle aime tellement à venir ici… Je
l'ai vue hier, elle devait partir ; elle m'a
dit : « Ma chère, j'ai retardé de huit jours
mon départ pour le Midi à cause de votre
soirée : on s'amuse tant chez vous… »

— Ah ! vous avez déjà donné des
bals ? questionna Mlle Isabelle en pin-
çant les lèvres.

— Non, non, se hâta de dire
Mme Kampf, des thés simplement ; je ne
vous avais pas invitée parce que je sais
que vous êtes tellement occupée dans la
journée…

— Oui, en effet ; d'ailleurs, je pense
assez à donner des concerts l'an pro-
chain…

— Vraiment ? Mais c'est une excellente idée !

Elles se turent. Mlle Isabelle examina encore une fois les murs de la pièce.

— C'est charmant, tout à fait charmant, un goût...

De nouveau, ce fut le silence. Les deux femmes toussotèrent. Rosine lissa ses cheveux. Mlle Isabelle arrangea minutieusement sa jupe.

— Quel beau temps nous avons eu ces jours-ci, n'est-ce pas ?

Kampf, brusquement, intervint :

— Allons, nous n'allons pas rester comme ça, les bras croisés ? Comme les gens viennent tard, tout de même ! Vous avez bien mis dix heures sur vos cartes, n'est-ce pas, Rosine ?

— Je vois que je suis fort en avance.

— Mais non, ma chère, qu'est-ce que vous dites ? C'est une terrible habitude d'arriver si tard, c'est déplorable...

— Je propose un tour de danse, dit Kampf en frappant dans ses mains avec enjouement.

— Mais naturellement, mais c'est une très bonne idée ! Vous pouvez commencer à jouer, cria Mme Kampf du côté de l'orchestre : un charleston.

— Vous dansez le charleston, Isabelle ?

— Mais oui, un petit peu, comme tout le monde...

— Eh bien, vous ne manquerez pas de danseurs. Le marquis de Itcharra, par exemple, un neveu de l'ambassadeur d'Espagne, il prend tous les prix à Deauville, n'est-ce pas, Rosine ? En attendant, ouvrons le bal.

Ils s'éloignèrent, et l'orchestre mugit dans le salon désert. Antoinette vit que Mme Kampf se levait, courait à la fenêtre et collait – elle aussi, pensa Antoinette, – son visage aux vitres froides. La pendule sonna dix heures et demie.

— Mon Dieu, mon Dieu, mais qu'est-ce qu'ils font? chuchota Mme Kampf avec agitation : que le diable emporte cette vieille folle, ajouta-t-elle presque à voix haute, et, tout aussitôt, elle applaudit et cria en riant :

— Ah! charmant, charmant; je ne savais pas que vous dansiez comme cela, Isabelle.

— Mais elle danse comme Joséphine Baker, répondit Kampf à l'autre bout du salon.

La danse terminée, Kampf appela :

— Rosine, je vais conduire Isabelle au bar, ne soyez pas jalouse.

— Mais vous-même, vous ne nous accompagnez pas, ma chère?

— Un instant si vous permettez, quelques ordres à donner aux domestiques et je vous rejoins…

— Je vais flirter toute la soirée avec Isabelle, je vous préviens, Rosine.

Mme Kampf eut la force de rire et de les menacer du doigt; mais elle ne prononça pas une parole, et, dès qu'elle fut seule, elle se jeta de nouveau contre la fenêtre. On entendait les autos qui remontaient l'avenue; quelques-unes ralentissaient devant la maison; alors, Mme Kampf se penchait et dévorait des yeux la rue noire d'hiver, mais les autos s'éloignaient, le bruit du moteur s'affaiblissait, se perdait dans l'ombre. A mesure que l'heure avançait, d'ailleurs, les autos se faisaient de plus en plus rares, et de longues minutes on n'entendait pas un son sur l'avenue déserte comme en province; seulement le bruit du tramway dans la rue voisine, et des coups de klaxon lointains, adoucis, allégés par la distance…

Rosine claquait des mâchoires, comme prise de fièvre. Onze heures moins le quart. Onze heures moins dix. Dans le salon vide, une pendulette sonnait à petits coups pressés, au timbre argentin, vif et clair; celle de la salle à manger répondait, insistait, et, de l'autre côté de la rue, une grande horloge au fronton d'une église, battait lentement et gravement, de plus en plus fort à mesure que passaient les heures.

— ... Neuf, dix, onze, cria Mme Kampf avec désespoir en levant au ciel ses bras pleins de diamants; mais qu'est-ce qu'il y a? Mais qu'est-ce qui est arrivé, mon doux Jésus?

Alfred rentrait avec Isabelle; ils se regardèrent tous les trois sans parler.

Mme Kampf rit nerveusement :

— C'est un peu étrange, n'est-il pas vrai? Pourvu qu'il ne soit rien arrivé...

— Oh! ma chère petite, à moins d'un

tremblement de terre, dit Mlle Isabelle
d'un ton de triomphe.

Mais Mme Kampf ne se rendait pas
encore. Elle dit, en jouant avec ses perles, mais la voix enrouée d'angoisse :

— Oh ! ça ne veut rien dire ; figurez-
vous l'autre jour, j'étais chez mon amie,
la comtesse de Brunelleschi : les premiers invités ont commencé à venir à
minuit moins le quart. Ainsi…

— C'est bien ennuyeux pour la maîtresse de maison, bien énervant, murmura Mlle Isabelle avec douceur.

— Oh ! c'est… c'est une habitude à
prendre, n'est-ce pas ?

A cet instant, un coup de sonnette re-
tentit. Alfred et Rosine se ruèrent vers la
porte.

— Jouez, cria Rosine aux musiciens.

Ils attaquèrent un blues avec vigueur.
Personne ne venait. Rosine n'y put tenir
davantage. Elle appela :

— Georges, Georges, on a sonné, vous n'avez pas entendu ?

— Ce sont les glaces qu'on apporte de chez Rey.

Mme Kampf éclata :

— Mais je vous dis qu'il est arrivé quelque chose, un accident, un malentendu, une erreur de date, d'heure, je ne sais pas, moi ! Onze heures dix, il est onze heures dix, répéta-t-elle avec désespoir.

— Onze heures dix déjà ? s'exclama Mlle Isabelle ; mais parfaitement, mais vous avez raison, le temps passe vite chez vous, mes compliments… Il est même le quart, je crois, vous l'entendez qui sonne ?

— Eh bien, on ne va pas tarder à venir maintenant ! dit Kampf d'une voix forte.

De nouveau, ils s'assirent tous les trois ; mais ils ne parlaient plus. On entendait les domestiques qui riaient aux éclats dans l'office.

— Va les faire taire, Alfred, dit enfin
Rosine d'une voix tremblante de fureur :
va !

A onze heures et demie, la pianiste
parut.

— Est-ce qu'il faut attendre plus
longtemps, madame ?

— Non, allez-vous-en, allez-vous-en
tous ! cria brusquement Rosine, qui
semblait prête à se rouler dans une crise
de nerfs : on va vous payer, et allez-
vous-en ! Il n'y aura pas de bal, il n'y
aura rien : c'est un affront, une insulte,
un coup monté par des ennemis pour
nous ridiculiser, pour me faire mourir !
Si quelqu'un vient maintenant, je ne
veux pas le voir, vous entendez ? continua-t-elle avec une violence croissante :
vous direz que je suis partie, qu'il y a un
malade dans la maison, un mort, ce que
vous voudrez !

Mlle Isabelle s'empressa :

— Voyons, ma chère, tout espoir n'est pas perdu. Ne vous tourmentez pas ainsi, vous vous rendrez malade… Naturellement, je comprends ce que vous devez éprouver, ma chère, ma pauvre amie : mais le monde est si méchant, hélas !… Vous devriez lui dire quelque chose, Alfred, la dorloter, la consoler…

— Quelle comédie ! siffla Kampf entre ses dents serrées, la figure blêmie : allez-vous vous taire à la fin ?

— Voyons, Alfred, ne criez pas, câlinez-la au contraire…

— Eh ! s'il lui plaît de se rendre ridicule !

Il tourna brusquement les talons et interpella les musiciens :

— Qu'est-ce que vous faites encore là, vous ? Combien est-ce qu'on vous doit ? Et filez immédiatement, nom de Dieu…

Mlle Isabelle   ramassa   lentement

son boa de plumes, son face-à-main, son sac.

— Il conviendrait mieux que je me retire, Alfred, à moins que je ne puisse vous être utile en quoi que ce soit, mon pauvre ami…

Comme il ne répondait rien, elle se pencha, baisa le front de Rosine immobile, qui ne pleurait même pas, et demeurait les yeux fixes et secs :

— Adieu, ma chérie, croyez bien que je suis désespérée, que je prends la plus grande part, chuchota-t-elle, machinalement, comme au cimetière : non, non, ne me reconduisez pas, Alfred, je m'en vais, je pars, je suis partie, pleurez tout à votre aise, ma pauvre amie, ça soulage, jeta-t-elle encore une fois de toutes ses forces au milieu du salon désert.

Alfred et Rosine l'entendirent, tandis qu'elle traversait la salle à manger, dire aux domestiques :

— Surtout, ne faites pas de bruit ; Madame est très énervée, très éprouvée.

Et, enfin, le bourdonnement de l'ascenseur et le choc sourd de la porte cochère ouverte et refermée.

— Vieux chameau, murmura Kampf : si, au moins…

Il n'acheva pas. Rosine, brusquement dressée, la figure ruisselante de larmes, lui montrait le poing en criant :

— C'est toi, imbécile, c'est ta faute, c'est ta sale vanité, ton orgueil de paon, c'est à cause de toi !… Monsieur veut donner des bals ! Recevoir ! Non, c'est à mourir de rire ! Ma parole, tu crois que les gens ne savent pas qui tu es, d'où tu sors ! Nouveau riche ! Ils se sont bien foutus de toi, hein, tes amis, tes beaux amis, des voleurs, des escrocs !

— Et les tiens, tes comtes, tes marquis, tes maquereaux !

Ils continuèrent à crier ensemble, un

flot de paroles emportées, violentes, qui coulaient comme un torrent. Puis Kampf, les dents serrées, dit plus bas :

— Quand je t'ai ramassée, tu avais traîné, Dieu sait où, déjà ! Tu crois que je ne sais rien, que je n'avais rien vu ! Moi, je pensais que tu étais jolie, intelligente, que si je devenais riche, tu me ferais honneur... Je suis bien tombé, il n'y a pas à dire, c'est une bonne affaire, des manières de poissarde, une vieille femme avec des manières de cuisinière...

— D'autres s'en sont contentés...

— Je m'en doute. Mais ne me donne pas de détails. Demain, tu le regretterais...

— Demain ? Et tu crois que je resterai une heure encore avec toi après tout ce que tu m'as dit ? Brute !

— Va-t'en ! Va au diable !

Il partit en claquant les portes.

Rosine appela :

— Alfred, reviens !

Et elle attendit, la tête tournée vers le salon, haletante, mais il était loin déjà… Il descendait l'escalier. Dans la rue, sa voix furieuse cria quelque temps : « Taxi, taxi… » puis s'éloigna, cassa au coin d'une rue.

Les domestiques étaient montés, laissant partout les lumières qui brûlaient, les portes battantes… Rosine demeurait sans bouger, dans sa robe brillante et ses perles, écroulée au creux d'un fauteuil.

Brusquement, elle eut un mouvement emporté, si vif et si soudain qu'Antoinette tressaillit, et, en reculant, heurta du front le mur. Elle se tapit davantage, tremblante ; mais sa mère n'avait rien entendu. Elle arrachait ses bracelets l'un après l'autre, les jetait à terre. L'un d'eux, beau et lourd, tout orné de diamants énormes, roula sous le canapé, aux pieds d'Antoinette. Antoinette, comme clouée à sa place, regardait.

Elle vit le visage de sa mère où les larmes coulaient, se mêlant au fard, un visage plissé, grimaçant, empourpré, enfantin, comique... touchant... Mais Antoinette n'était pas touchée ; elle ne ressentait rien d'autre qu'une sorte de dédain, d'indifférence méprisante. Plus tard, elle dirait à un homme : « Oh, j'étais une petite fille terrible, vous savez ? Figurez-vous qu'une fois... » Brusquement, elle se sentit riche de tout son avenir, de toutes ses jeunes forces intactes et de pouvoir penser : « Comment peut-on pleurer ainsi, à cause de ça... Et l'amour ? Et la mort ? Elle mourra un jour... l'a-t-elle oublié ? »

Les grandes personnes souffraient donc, elles aussi, pour ces choses futiles et passagères ? Et elle, Antoinette, elle les avait craints, elle avait tremblé de-

vant eux, leurs cris, leurs colères, leurs
vaines et absurdes menaces... Doucement, elle se glissa hors de sa cachette.
Un moment encore, dissimulée dans
l'ombre, elle regarda sa mère qui ne
sanglotait pas, mais demeurait toute ramassée sur elle-même, les larmes cou-
lant jusqu'à sa bouche sans qu'elle les
essuyât. Puis elle se dressa, s'approcha.

— Maman.

Mme Kampf sauta brusquement sur
sa chaise.

— Qu'est-ce que tu veux, qu'est-ce
que tu fais ici ? cria-t-elle nerveusement : va-t'en, va-t'en, tout de suite !
fiche-moi la paix ! Je ne peux pas être
une minute tranquille dans ma propre
maison à présent !

Antoinette, un peu pâle, ne bougeait
pas, la tête baissée. Ces éclats de voix
sonnaient à ses oreilles, faibles et privés
de leur puissance, comme un tonnerre de

théâtre. Un jour, bientôt, elle dirait à un homme : « Maman va crier, mais tant pis… »

Elle avança doucement la main, la posa sur les cheveux de sa mère, les caressa avec des doigts légers, un peu tremblants.

— Ma pauvre maman, va…

Un instant encore, Rosine, machinalement, se débattit, la repoussa, secoua sa figure convulsée :

— Laisse-moi, va-t'en… laisse, je te dis…

Et puis une expression faible, vaincue, pitoyable, passa sur ses traits :

— Ah ! ma pauvre fille, ma pauvre petite Antoinette ; tu es bien heureuse, toi ; tu ne sais pas encore comme le monde est injuste, méchant, sournois… ces gens qui me faisaient des sourires, qui m'invitaient, ils riaient de moi derrière mon dos, ils me méprisaient, parce que je n'étais pas de leur monde, des tas de chameaux, de... mais tu ne peux pas comprendre, ma pauvre fille ! Et ton père !... Ah ! tiens, je n'ai que toi !... acheva-t-elle tout à coup, je n'ai que toi, ma pauvre petite fille...

Elle la saisit dans ses bras. Comme elle collait contre ses perles le petit visage muet, elle ne le vit pas sourire. Elle dit :

— Tu es une bonne fille, Antoinette...

C'était la seconde, l'éclair insaisissable où « sur le chemin de la vie » elles se croisaient, et l'une allait monter, et l'autre s'enfoncer dans l'ombre. Mais elles ne le savaient pas. Cependant Antoinette répéta doucement :

— Ma pauvre maman...

Paris, 1928.

Dans la collection Les Cahiers Rouges

Alexis (Paul), **Céard** (Henry), **Hennique** (Léon), **Huysmans** (JK), **Maupassant** (Guy de), **Zola** (Émile)
Les Soirées de Médan

Andreas-Salomé (Lou)
Friedrich Nietzsche à travers ses œuvres

Arbaud (Joseph d')
La Bête du Vaccarès

Audiberti (Jacques)
Les Enfants naturels ■ *L'Opéra du monde*

Audoux (Marguerite)
Marie-Claire suivi de l'Atelier de Marie-Claire

Augiéras (François)
L'Apprenti sorcier ■ *Domme ou l'essai d'occupation* ■ *Un voyage au mont Athos* ■ *Le Voyage des morts*

Aymé (Marcel)
Clérambard ■ *Vogue la galère*

Barbey d'Aurevilly (Jules)
Les Quarante médaillons de l'Académie

Baudelaire (Charles)
Lettres inédites aux siens

Bayon
Haut fonctionnaire

Beck (Béatrix)
La Décharge ■ *Josée dite Nancy*

Becker (Jurek)
Jakob le menteur

Begley (Louis)
Une éducation polonaise

Benda (Julien)
Tradition de l'existentialisme ■ *La Trahison des clercs*

Berger (Yves)
Le Sud

Berl (Emmanuel)
La France irréelle ■ *Méditation sur un amour défunt* ■ *Rachel et autres grâces*

Berl (Emmanuel), **Ormesson** (Jean d')
Tant que vous penserez à moi

Bernard (Tristan)
Mots croisés

Bibesco (Princesse)
Catherine-Paris ■ *Le Confesseur et les poètes*

Bierce (Ambrose)
Histoires impossibles ■ *Morts violentes*

Bodard (Lucien)
La Vallée des roses

Bosquet (Alain)
Une mère russe

Brenner (Jacques)
Les Petites filles de Courbelles

Breton (André), **Deharme** (Lise), **Gracq** (Julien), **Tardieu** (Jean)
Farouche à quatre feuilles

Brincourt (André)
La Parole dérobée

Bukowski (Charles)
Au sud de nulle part ■ *Factotum* ■ *L'amour est un chien de l'enfer (t1)* ■ *L'amour est un chien de l'enfer (t2)* ■ *Le Postier* ■ *Souvenirs d'un pas grand-chose* ■ *Women*

Burgess (Anthony)
Pianistes

Butor (Michel)
Le Génie du lieu

Caldwell (Erskine)
Une lampe, le soir…

Calet (Henri)
Contre l'oubli ■ *Le Croquant indiscret*

Capote (Truman)	*Prières exaucées*
Carossa (Hans)	*Journal de guerre*
Cendrars (Blaise)	*Hollywood, la mecque du cinéma* ■ *Moravagine* ■ *Rhum l'aventure de Jean Galmot* ■ *La Vie dangereuse*
Cézanne (Paul)	*Correspondance*
Chamson (André)	*L'Auberge de l'abîme* ■ *Le Crime des justes*
Chardonne (Jacques)	*Ce que je voulais vous dire aujourd'hui* ■ *Claire* ■ *Lettres à Roger Nimier* ■ *Propos comme ça* ■ *Les Varais* ■ *Vivre à Madère*
Charles-Roux (Edmonde)	*Stèle pour un bâtard*
Châteaubriant (Alphonse de)	*La Brière*
Chatwin (Bruce)	*En Patagonie* ■ *Les Jumeaux de Black Hill* ■ *Utz* ■ *Le Vice-roi de Ouidah*
Chessex (Jacques)	*L'Ogre*
Claus (Hugo)	*La Chasse aux canards*
Clermont (Emile)	*Amour promis*
Cocteau (Jean)	*La Corrida du 1er mai* ■ *Les Enfants terribles* ■ *Essai de critique indirecte* ■ *Journal d'un inconnu* ■ *Lettre aux Américains* ■ *La Machine infernale* ■ *Portraits-souvenir* ■ *Reines de la France*
Combescot (Pierre)	*Les Filles du Calvaire*
Consolo (Vincenzo)	*Le Sourire du marin inconnu*
Cowper Powys (John)	*Camp retranché*
Curtis (Jean-Louis)	*La Chine m'inquiète*
Dali (Salvador)	*Les Cocus du vieil art moderne*
Daudet (Léon)	*Les Morticoles* ■ *Souvenirs littéraires*
Degas (Edgar)	*Lettres*
Delteil (Joseph)	*Choléra* ■ *La Deltheillerie* ■ *Jeanne d'Arc* ■ *Jésus II* ■ *Lafayette* ■ *Les Poilus* ■ *Sur le fleuve Amour*
Desbordes (Jean)	*J'adore*
Dhôtel (André)	*Le Ciel du faubourg* ■ *L'Île aux oiseaux de fer*
Dickens (Charles)	*De grandes espérances*
Donnay (Maurice)	*Autour du chat noir*
Dumas (Alexandre)	*Catherine Blum* ■ *Jacquot sans Oreilles*
Eco (Umberto)	*La Guerre du faux*
Ellison (Ralph)	*Homme invisible, pour qui chantes-tu ?*
Fallaci (Oriana)	*Un homme*
Fernandez (Dominique)	*Porporino ou les mystères de Naples*
Fernandez (Ramon)	*Messages* ■ *Molière ou l'essence du génie comique* ■ *Proust*
Ferreira de Castro (A.)	*Forêt vierge* ■ *La Mission* ■ *Terre froide*
Fitzgerald (Francis Scott)	*Gatsby le Magnifique* ■ *Un légume*
Fouchet (Max-Pol)	*La Rencontre de Santa Cruz*
Fourest (Georges)	*La Négresse blonde suivie de Le Géranium Ovipare*
Freustié (Jean)	*Le Droit d'aînesse* ■ *Proche est la mer*
Frisch (Max)	*Stiller*
Gadda (Carlo Emilio)	*Le Château d'Udine*
Galey (Matthieu)	*Les Vitamines du vinaigre*

Gallois (Claire)	*Une fille cousue de fil blanc*
García Márquez (Gabriel)	*L'Automne du patriarche* ■ *Chronique d'une mort annoncée* ■ *Des feuilles dans la bourrasque* ■ *Des yeux de chien bleu* ■ *Les Funérailles de la Grande Mémé* ■ *L'Incroyable et triste histoire de la candide Erendira et de sa grand-mère diabolique* ■ *La Mala Hora* ■ *Pas de lettre pour le colonel* ■ *Récit d'un naufragé*
Garnett (David)	*La Femme changée en renard*
Gauguin (Paul)	*Lettres à sa femme et à ses amis*
Genevoix (Maurice)	*La Boîte à pêche* ■ *Raboliot*
Ginzburg (Natalia)	*Les Mots de la tribu*
Giono (Jean)	*Colline* ■ *Jean le Bleu* ■ *Mort d'un personnage* ■ *Naissance de l'Odyssée* ■ *Que ma joie demeure* ■ *Regain* ■ *Le Serpent d'étoiles* ■ *Un de Baumugnes* ■ *Les Vraies richesses*
Giraudoux (Jean)	*Adorable Clio* ■ *Bella* ■ *Eglantine* ■ *Lectures pour une ombre* ■ *La Menteuse* ■ *Siegfried et le Limousin* ■ *Supplément au voyage de Cook*
Glaeser (Ernst)	*Le Dernier civil*
Gordimer (Nadine)	*Le Conservateur*
Goyen (William)	*Savannah*
Guéhenno (Jean)	*Changer la vie*
Guilbert (Yvette)	*La Chanson de ma vie*
Guilloux (Louis)	*Angélina* ■ *Dossier confidentiel* ■ *Hyménée* ■ *La Maison du peuple*
Gurgand (Jean-Noël)	*Israéliennes*
Haedens (Kléber)	*Adios* ■ *L'Été finit sous les tilleuls* ■ *Magnolia-Jules/L'école des parents* ■ *Une histoire de la littérature française*
Halévy (Daniel)	*Pays parisiens*
Hamsun (Knut)	*Au pays des contes* ■ *Vagabonds*
Heller (Joseph)	*Catch 22*
Hémon (Louis)	*Battling Malone, pugiliste* ■ *Monsieur Ripois et la Némésis*
Herbart (Pierre)	*Histoires confidentielles*
Hesse (Hermann)	*Siddhartha*
Istrati (Panaït)	*Les Chardons du Baragan*
James (Henry)	*Les Journaux*
Jardin (Pascal)	*Guerre après guerre suivi de La guerre à neuf ans*
Jarry (Alfred)	*Les Minutes de Sable mémorial*
Jouhandeau (Marcel)	*Les Argonautes* ■ *Elise architecte*
Jullian (Philippe), **Minoret** (Bernard)	*Les Morot-Chandonneur*
Jünger (Ernst)	*Rivarol et autres essais* ■ *Le contemplateur solitaire*
Kafka (Franz)	*Journal* ■ *Tentation au village*
Kipling (Rudyard)	*Souvenirs de France*
Klee (Paul)	*Journal*
La Varende (Jean de)	*Le Centaure de Dieu*

La Ville de Mirmont (Jean de)	*L'Horizon chimérique*
Lanoux (Armand)	*Maupassant, le Bel-Ami*
Laurent (Jacques)	*Croire à Noël* ■ *Le Petit Canard*
Le Golif (Louis-Adhémar-Timothée)	*Cahiers de Louis-Adhémar-Timothée Le Golif, dit Borgnefesse, capitaine de la flibuste*
Léautaud (Paul)	*Bestiaire*
Lenotre (G.)	*Napoléon – Croquis de l'épopée* ■ *La Révolution française* ■ *Versailles au temps des rois*
Levi (Primo)	*La Trêve*
Lilar (Suzanne)	*Le Couple*
Lowry (Malcolm)	*Sous le volcan*
Mac Orlan (Pierre)	*Marguerite de la nuit*
Maeterlinck (Maurice)	*Le Trésor des humbles*
Maïakowski (Vladimir)	*Théâtre*
Mailer (Norman)	*Les Armées de la nuit* ■ *Pourquoi sommes-nous au Vietnam ?* ■ *Un rêve américain*
Maillet (Antonine)	*Les Cordes-de-Bois* ■ *Pélagie-la-Charrette*
Malaparte (Curzio)	*Technique du coup d'État*
Malerba (Luigi)	*Saut de la mort* ■ *Le Serpent cannibale*
Mallea (Eduardo)	*La Barque de glace*
Malraux (André)	*La Tentation de l'Occident*
Malraux (Clara)	*...Et pourtant j'étais libre* ■ *Nos vingt ans*
Mann (Heinrich)	*Professeur Unrat (l'Ange bleu)* ■ *Le Sujet!*
Mann (Klaus)	*La Danse pieuse* ■ *Mephisto* ■ *Symphonie pathétique* ■ *Le Volcan*
Mann (Thomas) `	*Altesse royale* ■ *Les Maîtres* ■ *Mario et le magicien* ■ *Sang réservé*
Mauriac (Claude)	*André Breton*
Mauriac (François)	*Les Anges noirs* ■ *Les Chemins de la mer* ■ *Le Mystère Frontenac* ■ *La Pharisienne* ■ *La Robe prétexte* ■ *Thérèse Desqueyroux*
Mauriac (Jean)	*Mort du général de Gaulle*
Maurois (André)	*Ariel ou la vie de Shelley* ■ *Le Cercle de famille* ■ *Choses nues* ■ *Don Juan ou la vie de Byron* ■ *René ou la vie de Chateaubriand* ■ *Les Silences du colonel Bramble* ■ *Tourguéniev* ■ *Voltaire*
Mistral (Frédéric)	*Mireille/Mirèio*
Monnier (Thyde)	*La Rue courte*
Moore (George)	*Mémoires de ma vie morte*
Morand (Paul)	*Air indien* ■ *Bouddha vivant* ■ *Champions du monde* ■ *L'Europe galante* ■ *Lewis et Irène* ■ *Magie noire* ■ *Rien que la terre* ■ *Rococo*
Mutis (Alvaro)	*La Dernière escale du tramp steamer* ■ *Ilona vient avec la pluie* ■ *La Neige de l'Amiral*
Nabokov (Vladimir)	*Chambre obscure*
Nadolny (Sten)	*La Découverte de la lenteur*
Naipaul (V.S.)	*Le Masseur mystique*

Cet ouvrage a été imprimé
en mai 2010 par

FIRMIN-DIDOT

27650 Mesnil-sur-l'Estrée
N° d'édition : 16227
N° d'impression : 99961
Première édition, dépôt légal : avril 2002
Nouveau tirage, dépôt légal : mai 2010

Imprimé en France